U0927813

编委会

谨以此书献给

国家能源集团宁夏煤业公司重组整合二十周年

足迹

我与宁煤二十年

《神华能源报》编委会◎主编

中国文联出版社

http://www.clapnet.cn

图书在版编目（C I P）数据

足迹：我与宁煤二十年 /《神华能源报》编委会主编 . -- 北京：中国文联出版社，2022.12
ISBN 978-7-5190-5094-8

Ⅰ . ①足… Ⅱ . ①神… Ⅲ . ①中国文学－当代文学－作品综合集 Ⅳ . ① I217.1

中国版本图书馆 CIP 数据核字（2022）第 236428 号

主　　编　《神华能源报》编委会
责任编辑　王素珍
策划编辑　贺秀红
责任校对　代国宁
装帧设计　沈家菡

出版发行　中国文联出版社有限公司
社　　址　北京市朝阳区农展馆南里 10 号　　　邮编　100125
电　　话　010-85923025（发行部）　　　010-85923091（总编室）
经　　销　全国新华书店等
印　　刷　宁夏凤鸣彩印广告有限公司

开　　本　710 毫米 × 1000 毫米　　1/16
印　　张　17
字　　数　268 千字
版　　次　2022 年 12 月第 1 版第 1 次印刷
定　　价　68.00 元

序

历史犹如一条不息的长河，从过去奔涌而来、向未来逐浪而去，洗炼那些深沉而邃远的叩问。

二十年，在历史长河中不过转瞬即逝，但宁夏煤业公司却书写了发展历程上一段踔厉奋发、勇毅前行，开拓创新、梦想成真的光辉岁月。宁煤的二十年，是一部攻坚克难、团结奋斗的创业史，是一部锐意进取、追求卓越的奋斗史，也是一部惠及民生、做大做强的发展史。新时代，宁煤接力跨越迈上建设世界一流煤化企业新征程，大步流星奔向更远的星辰大海。

大风泱泱，大潮滂滂；贺兰巍巍，黄河滔滔。起步于20世纪50年代的宁夏煤炭工业，栉风沐雨，春华秋实，是一代一代宁夏煤炭人艰苦创业、砥砺前行的奋斗结晶。从小到大、从弱到强，从开疆拓土高速发展到转型升级高质量发展，宁煤公司的发展建设映照着宁夏煤炭工业，乃至一个时代的发展与变迁。

时间勾勒年轮，刻下前行的足印。以十年作为一个“分水岭”，从2002年至2012年，宁煤人秉承老一辈煤炭工业开创者的“五特”精神，铭记光辉历史，传承红色基因，激流勇进、自强不息，历经两次深度重组，整合煤炭资源优势，抢占煤制油化工产业发展制高点，从以挖煤、卖煤的“黑姑娘”到以煤炭为原料“油”然而生的综合能源企业，建成千万吨矿井群、世界级现代煤化工基地，成就一次次完美“蝶变”，筑就全国最小省区的世界级煤化工之梦，浓缩21世纪中国“煤田”变“油田”的梦想！

2012年至2022年，从党的十八大到党的二十大，面对百年未有之大变局，历经煤炭市场潮起潮落、国际油价跌宕起伏、新冠肺炎疫情重重挑战，宁煤人高举习近平新时代中国特色社会主义思想伟大旗帜，牢记习近平总书记视察煤制油项目殷殷嘱托，持续唱响“社会主义是干出来的”主旋律，掌握历史主动、保持战略定力，立足新发展阶段，完整准确全面贯彻新发展理念，奏响了笃定高质量发展不动摇的壮美乐章。

如果说，宁煤公司成立的前十年是在积厚成势、蓄势而谋、驭势而动，那么后十年则在变革大潮中革固鼎新、披波斩浪、勇立潮头。

新时代站在新的历史起点，宁煤人胸怀“国之大者”，聚焦煤炭清洁高效利用和煤化工高端化多元化低碳化发展，不断推动能源技术进步，对接世界煤炭、煤化工技术发展前沿，擘画以创新为引领，做大煤炭，做强煤化工，做优能源工程建设、现代物流，矢志发展新能源，建设世界一流煤化企业的战略蓝图。

千尺地层下，储藏着熊熊火焰的热烈；万里沙海中，奔涌着取之不竭的动力。黎新庄展现出新姿、西天河露出笑容、马家滩焕出生机、马跑泉传出涛声、冯记沟涌动春潮，甲醇、烯烃、聚甲醛、煤制油……宁东化工硅谷一座座高耸的装置，一道道如巨蟒般缠绕的管道，预示着宁煤“不可限量”的未来。

如今，宁煤这个赖煤而生的“黑姑娘”已蜕变成优雅起舞于行业之巅的“白天鹅”，在战略转型、产业升级中书写着中国西部大战略、大项目、大能源的故事。

文以载道，书以焕采。在宁煤重组整合二十周年即将到来之际，为传承宁煤儿女艰苦创业、以启山林的壮志豪情，见证宁煤公司波澜壮阔、砥砺奋进的发展历程，特编撰出版《足迹——我与宁煤二十年》一书。采撷2002年12月至2022年10月，在《神华能源报》、《宁煤人》、宁煤网站等媒体上公开发表的优秀文学作品，展现宁煤人与国家、与企业同频共振、同心所向，在国运、企运、家运，喜乐悲欢中感受发展变迁、品读生命真谛、激昂奋进力量的心路与精神。

倾情的二十二万文字，是对宁煤公司整合成立二十周年辉煌历程的回眸再现，更是习近平总书记关于讲好“中国故事”精神在宁煤的生动实践。这对于增强宁煤人文化自信、提升宁煤公司软实力意义重大。

《足迹——我与宁煤二十年》收录近百篇文学稿件，“黑海之恋”“矿山故事”“守望家园”“站在光里”“宁煤力量”五个篇章，逐一展读宁煤人自己的创业史、发展史，字里行间都闪现着宁煤人顽强拼搏、自强不息、追求卓越的精神风貌和丰富的精神内涵。

走过千山万水，仍怀赤子之心。传承红色基因，赓续精神谱系，是为了不忘来时路，走好脚下路，坚定未来路。愿以此书汇聚宁煤人热爱宁煤、建设宁煤、发展宁煤、振兴宁煤，奋力谱写新时代宁煤转型发展、高质量发展新篇章的磅礴力量！

是为序。

宁夏煤业公司党委书记、董事长 张胜利

2022年10月3日

目录
CONTENTS

黑海之恋

矿山故事

守望家园

站在光里

宁煤力量

01

黑海之恋

Heihai Zhilian

黑海之恋

致支柱

在井底，我太喜欢听你拔节的声音，我太喜欢看你直立的姿势，就像黑土地上生长的巨大的感叹号，伟岸！挺拔！

尽管灾难从不同的方位、千遍万次地向你袭击，你仍然从容、镇定、不屈不挠，和众弟兄合力地支撑着，让风暴在脚边呻吟……

黑暗中，你清晰而且生动，钢铁的骨髓里奔流着深沉的爱，金属的气质中，放射出夺目的光芒！当我触摸你时，我的肌肤便开始收缩，然后迅猛扩张：抬头、呼吸捶胸、昂扬向上。这时候，我感到我的脊梁正在悄悄地树立起来，标杆一样！

哦，支柱，就站在你们中间吧！

黑海之恋

我是黑海的苦恋者。

我的身体和灵魂，我的痛苦和欢乐，早已融进黑海浩浩荡荡的浪……

我是一名矿工。我骄傲地在地下海洋采集光和热。在我年轻的海岸线上，高擎着质量、产量、安全；在我人生闪光的履历表上，写满了劳动、奉献、拼搏。一天又一天，我用掷地的笑声与和着煤灰的黑色寂寞，推动煤浪。汗水通过的地方都纵横着道路与江河……如果累了，我就坐下来，唱一曲《国际歌》。

我是黑海的苦恋者。年年岁岁，潮起潮落。而我对于黑海的那份痴情，却愈来愈执着……

唱给矿灯的歌

在这黑暗的峡谷，在这深沉的冬夜，惟有你啊，矿灯——浪漫的大无畏的花朵，迎着风暴顶破寒冷，大大咧咧、热热闹闹地开放了！

一闪，一闪，一闪……

金黄的光芒砸向支柱的丛林。金黄的光芒，美丽而且耀眼，照亮夜色中滚动的矸石和哗啦啦流淌的煤河，照亮我们那像风中摇曳的树叶一样的笑声和歌声。当我手抚矿灯，就仿佛听到你钨丝的花蕊的欢叫。一刹时，感觉一种温暖刻骨铭心！那神圣的思想与坚定的信念，在我的血脉里蓬蓬勃勃地生长。于是，我愿这汗珠幻化的夜露顺着我枝丫般的胳膊滴嗒，我愿我的身体作你粗壮的杆，我愿我的脚板和十趾成为你的根系并在黑土里默默延伸……

不管再过多少年，我都会将一支高尚的赞歌，唱给曾经开在我头顶上的金盏！

（原载《宁夏煤炭报》2002 年 1 月 28 日　张　记）

我是那个一直仰望矿山的人

在煤的故乡，矿工是煤炭的知音

井口，是上苍赋予煤炭人看世界的视角，如果有一束光一直闪亮，一定是矿工身体里发出来的。

上苍把那块亿万年前的宝物留给了人类，留给了矿工，煤炭是这个世界给予人类最大的宝藏，是一份意外的惊喜。

煤炭人受上苍委派在井下八百米深处与蕴藏的宝物煤炭相见，相知。

与一块煤的见面，都是为了告别。

矿工每天与太阳话别，走入井下，与一块煤相见，完成天空与大地相融交汇的责任。割煤机的声音响起来的时候，井下的矿工是一位慈祥的父亲、一群血肉丰满的汉子，男人的山河在这里陡然而起。

煤炭人在八百米井下，那是奋斗者人生的标高。

从春天到冬天，煤炭一直保持沉默。“背负”这个词语是煤炭人必须要扛起来的，因为在这个词语的后面，是责任，是担当，是奉献与忠诚。

爱一块煤要慢，要彻底，要勇敢，要心地善良、怀揣光明。

要懂得爱与伤痛，因为那块煤它不是没有温度的石头，它是骨骼，是矿工的骨头，坚硬且朴实。

一块煤在地下八百米的地方仰望着太阳。

矿工每天头顶矿灯告别太阳深入到井下，一块块煤炭通过皮带机上升到井上与太阳相见，一个上，一个下，这一上一下，世界就在一升一降中完成能量转换。人与煤最大程度接受阳光的照拂。

那是一种托举的状态。

矿工是这样一群人。他们是发光发热体。

煤炭的颜色是黑的，一块煤和一块煤结合在一起的时候就是乌金，于是就有了金的质地、光泽、气质。

煤炭人心里没有历史只有明天，所以，一直阳光明媚。

每一个煤炭人心最安定的地方就是有煤炭的地方，那些奔波的理想，一直在守候、沉静、无言，那是奋斗者的姿态。有煤炭人的地方那是一个城市最繁华之处，那里不是废墟，这个世界越是靠近煤炭，越活得津津有味。

矿工，带着一身煤灰升井，除了白白的牙齿，全身都是黑色的。他们升井了，从井下上来洗完澡，穿上干爽的衣服，那就是英俊的黑马王子，那是一群有血性有担当的汉子。

每个热爱矿山的人，对煤炭、对光亮和黑暗的关注，都会特别敏感。

在矿山，心是清澈透亮的，仿佛一个人人生的明亮，都会在这里捕捉到源头。在一块煤炭上，可以看到专注与积淀、旷达和细腻、悲壮与付出。

煤的精神嘱托：安善和宁静。

有矿山的地方，那是乌金的故乡

矿山是一部知晓人世间冰雪冷暖的画卷，是一部纵横历史与现实的巨著。一块煤见证历史，一块煤诉说历史，一块煤参与时代的发展。一块煤回答一个天空的问话：有矿山的地方，乌金就有了故乡。他们的故乡在每一位矿工的心里，那里充满了阳光，是英雄的疆场，温暖而有力量。

那里的山峰、井巷、煤仓是对建设者的怀念，所有的一切，在今天，在现在，在这里变成了传说。

贺兰山，历史都会热泪盈眶的地方。石炭井、石嘴山是宁夏煤炭历史的一个切口，如果愿意看，从这里可以看到宁夏煤炭的前世今生和未来。

怀念那时候贺兰山里冷峻的山峰，黄河岸边羊皮筏子托起的第一代矿山人，一代又一代矿山人的青春与理想、汗水和泪水。我们可能会遗忘那里已经废弃的楼房、井口、运输，但不会忘却的是一代又一代人的青春与汗水，还有青春里开满的那一株株山杏花。

贺兰山上，在荒凉的土地上，长出了耐旱的红柳、山杏花。它们红得惊艳、红得壮烈。

黄河那边，贺兰山里，头顶上的那块白云飘走了，那块天还在。

石炭井、石嘴山，它们不是一个个纯粹的地名，它们最终变成了一个个单纯的峭壁山崖。

一块太西煤，一块砟子煤，它们比想象的更豁达坚强而又朴实。在宁东，风从井巷过，雨从内心流。

每个矿工的心里住着一个天使

矿山，从容而阔达。矿工，不卑也不亢。

矿山，它不以外貌吸引你，它以足够的资质让你知道，一个城市的内涵多么广袤，多么庞大，多么干净，多么迷人。

煤矿是男性的疆场。在煤矿，雨水细腻，就连每一粒沙都很肆意粗糙。这里没有都市的华章乐影，没有车来车往的喧闹繁华。一根草有一根草的朴实，一朵花有一朵花的美妙，一块煤有一块煤的来路和去处。这里没有任何身外多余的饰品，一切都是恰到好处的从容。

你听，这是宁东的风，每年春天种子要发芽的时候，每年秋天果实成熟的时候，沙漠的野风刮起来了。

梅花井、羊场湾、麦垛山、清水营、石沟驿，每一座矿井都有一个故事，那是奋斗者的信念写就的疆场。

"塞上梅花第一井！"老书记曾经饱含深情地看着这里生产出来的第一块煤炭激动地说。

矿工的肩上一定落满了星星，矿工的头上有一轮冉冉升起的太阳。有乌金的地方都很荒凉、遥远，开采乌金的人有了一个名字，叫矿工。矿工到了的地方，从此就不再荒凉。

矿灯在四季的轮回里亮着，每一次入井，都是向着太阳走去。

在这个世界上，应该有一首诗歌是属于煤炭的，属于矿工的。

在那首诗歌里，太阳光暖暖地照耀在矿工的身上，矿工们过了一个石门又一个石门，向着煤炭的地方走去。

每个人心中都有自己的向日葵和太阳。

每个矿工的心里住着一个天使，那位天使一直笑眯眯地守护着矿工。

矿山的相貌有着太阳和星星的形状。

煤炭是所有的文学形式。表述光明时，煤炭是诗歌，激情壮烈，山河斐然。

表述送给大地温暖时，它是散文，悠长持久，余音绕梁。

表述矿工灵魂深处的情感时，它又是小说的跌宕起伏，忧伤而淳净。

矿工，一直隐藏在煤炭的身后，有煤炭人的地方就是一个奋斗者的大剧场，自然与人，人与人，人与机器，人与天地一次次交汇。

人世间，矿工们一辈子流出的汗水可以铸成一吨重的勋章，可是，矿工的胸前什么都没有，有的就是入岗前的那谆谆教诲：安全大于天。矿工坚毅的肩膀上驻守着星辰，那是他们的责任；头顶升起的太阳，那是他们的理想信念；心中开满的鲜花，那是他们的妻儿老小。

以前的、现在的、将来的，无论以怎样的身份出现，有一个身份我会一直保存好——我是煤炭人。

给予众生温暖的煤炭，在抵达理想的路上，有人安享晚年，有人正在奋进，有人还在井下匍匐望向天空。那么，我是那个一直仰望矿山的人。写完矿山，写完矿工这篇文字，我窗外的桃花开得正盛。那些花瓣一定是这个春天的欢乐颂。

（原载《神华能源报·宁煤版》2022 年 4 月 25 日　张廷珍）

煤与矿工

一

一群壮实如牛的汉子们，裹着井巷的季风，踏着铿锵的脚步，从容地走向地心，走向历史的尽头……我们就这样相遇了——于每一个风雪弥漫的黎明，于每一个流光溢彩的黄昏。

这是分别了几亿年后的相遇呵，这是等待了千万年后的渴望。

毕竟，这一天到来了。

二

几亿年前，我是天地之骄子。

我拥有阳光、明月，我拥有蓝天、清风。我的天地里，蛙声如鼓，花红如血，林涛如歌。这里有奇花异草，山珍瑰宝；这里有小溪潺潺，百鸟欢唱……

那时，你是虫子，你是小猴；你生活在我的世界里，无忧无虑，无灾无患。天地浑然一体，万物休养生息……

三

突然有一天，晴天霹雳，地覆天翻。大千世界骤然巨变——岩石成了我四周的铜墙铁壁，岩石成了我的天，岩石成了我的地。

我失去了一切，我的模样彻底改变了；不再有亭亭玉立的身姿和诱人的色彩，不再有如海的蓝天和如歌的松涛……一切，都成了过眼云烟，所有的风景都浓缩成一种热情，所有的梦幻都铸成一种信念。因为，我的整个身心，都经历了——

九万九千次暗流的洗礼
九万九千吨岩石的重压
九万九千回痛苦的煎熬
九万九千个黑夜的蚀化……

四

如今，我们相遇了，相遇在历史与现实的交界点，相遇在八百米地层深处，相遇在白雪皑皑的寒冬，相遇在百花盛开的初春。

你头上的小太阳，和亿万年前的太阳一样，散发出炽热的光芒；你头上的小太阳，把我引向光明、引向高尚、引向神圣；你头上的小太阳，经了凛冽的霜雪，温暖了天下人的心房；你头上的小太阳，将我的青春和生命定格成永恒，燃烧成辉煌。

（原载《宁夏煤炭报》2004年3月22日　杜华赋）

煤之恋

是谁在你沉重的足迹上，刻写了生命的音符？是谁在你黑色的发丝上，弹出千古的苍凉？是矿工，是太阳之子，用惊悸的浪尖，抚动你的心弦。从此，漫长野草的心开始流浪。

——题记

一

也许是偶然，也许是必然。

你被土地分娩，注定了我的降生。我黑色的眸子，洞穿所有的爱情，都仅仅定格愉悦地哭泣。

只有燃烧的火焰，敲击我耳鼓的时候，我看到了你裂变的激情，已经孕育了千万年。

于是呀！我不论对涅槃的树，还是新生的煤，都以心动的手捕捉你远古的音律。

二

翻开煤壁厚重的历史，一条小溪淙淙而过，凝固一种无奈的情绪，它失恋了。它落寞的心情感动了上帝，却没有感动你。

当我在你身边，以金属的单调，无知地掘进你胸膛的时候，那亢奋的节奏，使你感受到雄性部落的执着。

于是呀！你投入我怀抱的时候，我从你灿烂的笑容里读懂了，一个伟大的爱情故事。虽然我没有感动上帝，却感动了你。

因为，你承认，那金属单调的轻音是你期盼已久的绝唱。

三

指间滑落的地方，你的发丝拴系着太阳和大山，我曾试图用一生的骄傲，拨开你心头的愁云，但失败总是在列车启动的瞬间，告诉我，你的惜别牵挂着一份依恋。

我真的想抓住你生命的根，但我却在你的身上看到了一片树叶，清晰的脉络暴露着矛盾的思念。

我明白了，不论树叶，不论树枝，不论树干……都注定了要以燃烧的形式，诠释生命的真谛。

你度过了千万年灵魂的变迁，即使曾经放歌远古，我能从踏浪而来的足音里，听出你毅然决然的抛弃，是在考验一种坚贞。

四

歌者的牧鞭，抽打着大地，那是对失落情绪的一种释放。渐渐放缓的节奏，已经没有了乐手的自信。

我看着你化作火焰，在冷夜里舞蹈，围坐在你身边的人们，举起茧手拨动火焰。你兴奋地跳动映红了脸庞，所有的快乐，都在你选择的抛弃里，得到最充分的表现。

等待是漫长的路，我仿佛看到了天空中的云儿，继续酝酿一种又一个千万年的爱情，故事里有我，只是那负重的雨滴，在春风里斜挂在山顶上，摇曳着乐手的琴技，谁都没有落泪。乐手就是乐手。

此时，我才明白！

煤的音乐，从艰难挖掘的一生开始。

我是矿工，我的一生也从哭泣中走向微笑，从微笑中走向沉默，从沉默中走向激情澎湃。

不对吗?

我是乐手，我的爱情从对煤的挖掘中静听歌谣。

因为爱情里有歌，歌里有爱情。

煤拴系着一种执着，那是爱情才有的呀！虽然古老，但却必须苦等千年万年。

（原载《宁夏煤炭报》2003 年 12 月 1 日　詹光明）

我与宁东的情缘

1966年，父亲招工到煤炭工业部第七十九工程处建井队当了一名建井工人，从贺兰山深处到地处毛乌素沙漠边缘的宁东，一干就是30年，一直在井下掘进一线工作。1993年4月，我继承父业成了“煤二代”，一晃也快30年。虽然时代不同，但我们父子俩对矿山的情感一样，眷恋一样，可以说我们一家两代人经历了煤炭工业的发展变迁，也见证着企业的发展。

父亲的矿山记忆

1966年3月，煤炭工业部第七十九工程处到同心县招工，年仅24岁的父亲义无反顾地报名当了一名建井工人。正赶上白芨沟煤矿开工建设，条件艰苦，环境恶劣，当时流传的这首顺口溜就是真实写照：“天上无飞鸟，地上不长草，风吹石头跑，男的多女的少，房子像碉堡。”

住在地坑房和片石垒砌的窑洞里，每个房里住8个人，拥挤不说，条件很艰苦。掘进从采用人工握钢钎、手锤打眼，装入岩石炸药，手摇式放炮起爆，到后来使用风钻打眼，用延发管、瞬发管引爆人工铁锹装岩，使用U型和V型矿车人力推车运输。父亲是不服输的人，在掘进头两人扛一台风钻打眼，由于岩石巷特别坚硬，多台风钻同时作业，扛钻打眼一个班下来肩膀压得红肿出血，一回到宿舍骨头就像散了架，一躺下就累得起不来。和父亲一起来的好多人受不了这份苦走了，父亲硬是咬着牙坚持了下来。

由于父亲工作卖力，人又热心，很快就被选为掘进二班班长，在父亲的带领下，他的班每月都是队里的红旗班组。

随着条件的改善，机械化程度的不断提高，岩巷掘进采用激光定向，打眼采用供水式气腿凿眼机，爆破采用毫秒电雷管全断面一次起爆，出渣采用耙斗机装岩，从而缩短了打眼时间，提高了工效和掘进速度，减轻了工人的劳动强度。

1991 年 12 月 2 日，建井工程处承建的国家“八五”重点工程——年产原煤 240 万吨的灵新大井开工。在施工中，建井工程处积极推广应用锚喷支护新技术，代替了料石砌碹的传统作业方式。改造完善了斜井提升系统，辅之以配套的 PDCA 正规循环管理方法，装备了激光定向、耙头机装岩、箕斗提升等机械化辅助作业线和综合掘进机等，不仅使光爆锚喷新技术在普通井巷应用中获得了成功，而且在软岩巷、半煤岩巷、煤巷、特大断面、特殊硐室及采区巷道等应用也获得成功。

1994 年 3 月 30 日，连接灵新大井一、三采区相向掘进 33 个月，导线长度 9.5 公里的轨道大巷胜利贯通，中线误差仅为 30 毫米、腰线 60 毫米，创造了宁夏煤炭建设史上高精度、长距离井下施工贯通的新纪录。

30 年如一日，父亲每次就像是上紧了发条的闹钟一样准时上班，把最好的年华奉献给了毕生热爱的煤矿事业。1995 年父亲退休后，过一半个月就要到矿上去转一转，到井口去看一看。大家都想不通，可我知道，他是舍不得离开矿山这片工作了一辈子的热土，看着矿山一天天发展，就像看着自己的孩子一天天长大一样。

条件艰苦，工作繁重，但父亲从来没有苛求过什么，有的只是深深的眷恋，这份情感或许可以在父亲的一次座谈发言中探寻一二。他说：“30 年来，一直在掘井巷道奋战，没有把我们这些老家伙苦倒、累趴下，主要是我们老哥们骨子里就有战风沙、斗严寒、不怕苦的建井人精神。”父亲的这种精神也一直影响着我、鞭策着我。

我与宁东的情缘

1993 年 4 月，从学校毕业后我被分到建井工程处掘进队上班，父亲郑重地对我说："煤矿是养我们穷人的地方，在井下干活要眼尖手快，注意安全，决不能当孬种。"参加完一周的岗前安全培训后，我第一次下井，穿着矿上发的劳动布工作服，带着矿帽、脖子上还围着毛巾，跟着刚刚认识的师傅走在漆黑的井巷里，又加上掘进巷道远、坡度大，不多久便大汗淋漓。到了掘进工作面，班长给我递了一把大头方板铁锹，让我到迎头装渣，此时我拿着大锹直发懵。班长看出我的疑惑，便说："小伙子，你就随着前面装渣大哥学，看他们咋装你就咋装。"由于我好学肯吃苦，每天上班帮放炮员捏炮泥，给支架工扛板皮，装渣速度又快，慢慢地掌握了前探梁的架设、锚杆打设、钢筋网悬挂和链接等工艺。同时，业余时间把工作中好的做法和工艺写成"豆腐块"，递交到宣传科，在矿区广播上播放。8 年的井下掘进生活，使我深深感受到凝聚在煤矿工人身上不怕苦、不怕累、顽强拼搏的精神。这种精神时刻感染着我、激励着我。

不知不觉中，在宁东矿区已经工作 29 个年头，回顾这 29 年的历程，在感叹时光易逝的同时，更赞叹宁东的变化之大。我相信，在一批批前赴后继的创业者的开拓下，宁东这片热土一定会绽放出更加夺目的光彩。

（原载《神华能源报·宁煤版》2019 年 8 月 5 日　彭　云）

追　随

1989 年 11 月的一天，天空飘着雪花，天气出奇的冷。也许是因为即将随着父母乔迁新家、去城市安家落户的缘故，满心的欢喜让我一时忘却了严寒。

隐约记得，随父亲前来的是一辆蓝灰色的卡车，就停在我家院子门口的路上，周边围满了前来帮着搬家、看热闹的人。家当搬上车后，父母喜笑颜开地向邻居递烟、致谢、告别。我则坐在卡车车斗里准备搬运走的沙发上，车斗下面聚拢了村里的孩子们。

“你们去大武口以后还会来吗？”

“你以后也是城里人了，在城里上学，吃商品粮，回来时给我们带些好吃的，行不？”

大家七嘴八舌，我有一句没一句地回答着。

车终于发动了，在我的强烈要求下，父母同意我披着父亲单位发的、厚重的羊皮大衣迎着刺骨的寒风，坐在车斗里的沙发上，像一个即将上战场的威武的“士兵”，看着追逐在车后的孩子们逐渐气喘吁吁、身影越来越小，直到退出视线。我则迫不及待地欣赏着沿途的景象，迫不及待地要去城市生活。

从银川郊区到大武口的新家，从中午走到天快黑了才到。这是父亲单位分的平房，有一个小院子，落满了雪。父亲的同事们在我们来之前就已经烧热了屋里新砌的砖炉和火墙。大人们一番忙碌后，我躺在了暖烘烘的床上。

想着父亲作为“公家人”给我带来的这些幸福，6 岁的我暗暗发誓将来也要接父亲的班当一名矿务局的工人。在这样激动的、兴奋的情绪中我熟熟地睡了。

1999 年，随着国家的大政策，父亲所在的石炭井矿务局大武口矿山机械厂破产倒闭了。恐慌，是那几年的真实写照。我们这些职工子弟也和父辈一样，心理上背负了一层沉重。大家在一起讨论的最多的就是，将来要离开这里，学好本事，远离矿区，远离这个带给我们沉重的地方。

2003 年，我进了银川一家外企工作，经过几年的努力，正当我沾沾自喜快要摘掉宁煤子弟的“标签”时，父亲劝我回去。父亲说：“现在宁煤产业升级转型，你是宁煤的子弟，这里需要人，回来吧。”我居然没有考虑地就答应了。

2009 年，在经过了一年的委外培训后，我来到了宁煤公司新开辟的主战场宁东能源化工基地。我们这一批新人都是宁煤职工子弟，但我们并不认为我们是新人，我们的父辈就为宁煤拼搏奋斗，我们更是在宁煤的怀抱下熏陶成长，我们就是这个企业的孩子。

走进宁煤的第一个岗位是皮带操作工。长龙般的皮带，有时一个班巡检下来就得走好几公里路，爬上爬下的台阶也有几千个，与我期待中的高精尖装置有着很大的落差，也曾气馁过。但当夜幕降临，看着一条条皮带栈桥连接起的鳞次栉比的塔釜灯火璀璨，如同夜空中最闪亮的星，我内心被震撼了。正是我们在一个个平凡岗位的默默坚守，才有了煤基甲醇、聚甲醛、煤基烯烃、煤制油等现代煤化工项目拔地而起，吹响了宁东能源化工基地“一号工程”奋起的号角。

2016 年 7 月 19 日，是让每一个宁煤建设者难以忘怀的日子。习近平总书记在视察宁煤煤制油项目现场时发出了“社会主义是干出来的”伟大号召。铿锵有力的讲话，既是对这一世界级现代煤化工项目建设成就的高度肯定，也是对正在努力实现“两个一百年”奋斗目标和中华民族伟大复兴中国梦的全国人民发出的又一动员令，更凝聚起我们这一代建设者用双手创造更加美好生活的力量和信心。在一段时间里，怎么干才能在岗位上发挥最大的作用、怎么干才能实现美好的生活，一直是我们思考、讨论的话题。

2017年，我开始从事原煤采购工作，负责煤制油化工板块每年3000余万吨生产用煤的保供工作。如何让煤制油化工装置原煤“管够、吃好”，我感到沉甸甸的压力。但一想到我所从事的工作事关煤制油化工装置用煤安全，能为宁煤的高质量发展添砖加瓦，我告诉自己要把动力化作干劲儿!

吃面包、爬火车，夏天两脚泥水、冬天一身汗，加班加点是常态，但我从未感觉到乏味。记得师傅对我说：“忙和累，说明咱岗位重要，说明咱为家人的幸福生活在付出担当，将来回头看看现在，一定是一段充实的经历。”看着每天进出园区满载化工产品的车辆，我看到了努力工作的成效和价值。

2021年，我被公管分公司评为“劳动模范”。父亲教育我说：“要踏实苦干、持久实干，要幸福就要努力奋斗！”我对自己的孩子说：“劳动光荣，劳动能创造美好的生活。”

我爱宁煤，延续了两代人的血脉，这血浓于水的情结，让我踏上了父辈的征程，为宁煤发展壮大，为宁煤披荆斩棘。

（原载《神华能源报·宁煤版》2022年9月5日　强彦武）

半生矿嫂一世情

父亲于20世纪60年代中期响应号召来到西北，在原石炭井矿务局乌兰矿参加工作，直到退休。我出生于乌兰矿，是典型的煤二代。1990年，大学毕业后回到矿山，做了中学教师。1995年，我嫁给了同是煤二代的矿工，成为新一代矿嫂。

与矿山千丝万缕的联系，怎一个情字了得！

井下慰问

乌兰矿曾首开全国煤炭行业大倾角厚煤层、综采放顶煤技术先河的高产高效机械化矿井，因其先进的管理发展思路，被业界称为“乌兰模式”。2002年，因丈夫所在综放工作面采掘遇阻，进尺缓慢，常加班加点，矿领导看在眼里急在心上。为鼓舞士气，矿工会组织了几位矿工家属深入井下开展送温暖慰问活动。

那是我作为矿嫂第一次看到丈夫工作的环境：低矮潮湿的巷道，不时有渗水从头顶落下，深一脚浅一脚的路面时常有铁轨和枕木阻隔。井巷深处机器轰鸣声不绝于耳，矿工半蹲猫着腰铺轨架梁。汗水和渗水浸湿的工作服里，看不清面容，只能看到矿灯下的一口白牙，分不清谁是谁的丈夫。艰苦的采掘工作面是我想都想不到的。“太苦了”“再不抱怨了”“井下工人挣钱不易”

的感慨发自肺腑!

正是有了亲眼所见，我才努力做好矿嫂。在 5 岁儿子“晚上睡觉爸爸没下班，早晨醒来爸爸已离家上班”的抱怨声中，我为丈夫营造了一个安全温暖的大后方。

情系矿区

2006 年，企业学校移交政府，我的工作随即调往大武口。从那时起便开始了长达十年夫妻两地分居的生活。

2008 年 12 月，随着乌兰矿 5757 炮采工作面的停采，结束了建矿以来 33 年的炮采生产历史，全部实现了采煤机械化。乌兰矿所形成的“一综放、一综采、四综掘”的现代化生产格局，发展成为宁煤当时在银北矿区最大的主焦煤生产基地。

独居矿区的丈夫一边生产一边空守着寂寞。信息时代，我依旧拿起了手中的笔，写起了家书:“老公，你在八百米井巷深处此刻正挥汗如雨。我知道你是有责任的男人，没有我的日子你清苦着、期待着。如水月光下，多想牵你的手，依靠在你宽厚的胸前，听你缠绵的情话……老公，感谢你的一路相伴。此刻面对这轮圆月，我轻许诺言，爱你永远，地老天荒。”

手持烟火以谋生，心怀诗意以谋爱。在两地分居的日子里，每天互通一次电话已成习惯，而带着孩子翻山越岭坐上绿皮小火车回矿探亲也已成为周期性日常。世界上再美的风景，都不及回家的那段路，何况我还怀揣着深深的爱意，不在乎穿越绵绵山脉的苦。

宁煤情未了

2012 年秋，乌兰矿作为采空塌陷区，政府和企业给了很大的优惠，身为矿工的父亲、弟弟，还有我的丈夫，每位矿工都享受到了经济适用房的好政策。家人们对于从矿区平房搬迁到城市楼房这件事感慨颇多——带着对党、政府和企业的感恩，短时间内愉快地完成搬家，住进了宽敞明亮的框架式楼房。作为矿嫂，我历经了从土窑洞、平房到楼房的三次居住条件的跨越式改变，内心深处升腾的满是对幸福生活的满足，对矿工生活步步高的真实感叹。

人生最好的旅行，就是在一个陌生的地方，发现一种久违的感动。2020年深秋，我跟随丈夫去三亚疗养，再次拉近了作为矿嫂那份远了又近的宁煤情。

感动源于宁煤员工的高素质。不得不佩服这些年过五旬的老矿工们多年来接受的企业文化教育——服从指挥、安全第一、严格的组织纪律性。疗养人员来自宁煤不同的单位，都曾将火红的青春岁月交付于煤矿，都曾为宁煤的今天洒下过汗水，都对矿山有过浓烈的热爱。虽身在三亚旅游，却心系宁煤。矿山敦厚，小河清浅，山川真诚，黄昏华美，乡音不改，故人亲切。在他们的世界中，遥远回望的还是那个被叫做宁煤的家园。

二十年，宁煤，你掀起山河奔向我，踏进星辰靠近我，而我有整个宇宙想讲给你听。我和宁煤不是渐行渐远，而是有一天终要重逢，对她的感动、温暖和美好铭记于心，终究宁煤情未了……

（原载《神华能源报》2022年5月9日　袁宝艳）

煤开秀口

长长的路就在脚下，再出发的号角就在耳边。一个个闪光的“干”字，一次次漂亮的冲锋，认准了目标，宁煤绝不迟疑，向前！向前！踏上新征程，继续接力传承，向新业态新目标，大步走出宁煤新锐气。沉默了千百万年，初到人间你不语，踪至宁夏你不言，是新时代阳光雨露格外润泽，还是宁煤二十年“干”字铿锵，叫你不得不说，不得不讲了。此一番，煤开秀口，悬若江河，腾起千尺浪，倾诉万行情。

倾心宁煤人

这些人，扛着宁煤大旗，目光炯炯，步态坚定，喊起了号子，吼嘿！吼嘿！咋就这么豪迈！拼起了速度，五湖四海千帆竞发，直取黄河岸边，贺兰山上，宁东荒原。他们依煤建家，为煤兴业，挥一挥衣袖，国家亿吨级大型煤炭基地，国家千万千瓦级大型煤电基地，惊现宁夏川。这可是自治区一号工程，坐拥新技术、新能源，宁东能源化工基地独领风骚。

二十年芳华，勿忘前世之勇。再回首，尘埃交汇处亘元、太西、灵州三大煤业集团和原宁煤集团深度重组，仿佛四双大手紧紧握成一个拳头，辟出宁夏煤企改革新纪元。我还记得，你也记得，宁煤人都记得，那是 2002 年 12 月 28 日，历史性的一刻，四股力量瞬时汇集、集聚，天宇现出一道光，正是驶向蓝海的宁煤。

她起步之高，发展之快让业界始料不及。煤之赞震天动地：飞翔中蜕变，唯宁煤是也！

2016 年 7 月 19 日，宁煤终生难忘，国人倍受鼓舞，世界再度震撼。那一天，宁煤 400 万吨 / 年煤制油项目光芒四射，习近平总书记来了，整个基地、整个宁煤、整个宁夏都沸腾了。在这里，就在这里，习近平总书记发出了“社会主义是干出来的”伟大号召，成为时代强音。自此，为了朴素而实在的“干”字，宁煤势如破竹，刮起一场能干实干加巧干的“干”字风暴。

铿锵宁煤志

这股劲，透着西汉冶铁雄风，在历史露珠里吟诵中国风。是的，咱中国是世界上最早用煤之国，从陌生到了解，从熟悉到深谙，人与煤谁也离不开谁。

今我宁煤更是将这化石能源托举到巅峰，创新创造，科技攻关，问鼎尖端，硕果盈枝的发明专利、技术成果和拔尖人才，为这古老而年轻的煤炭赋予新韵。

二十度光阴犹如二十级台阶，向着更高、更远延伸。不论是煤海前辈，还是深加工领域新生代，血管里都奔腾着同一个声音：撸起袖子加油干！

在这股洪流中，公司效益虎虎生风，员工日子节节攀升，从前不敢想、不敢做的，现如今一切成真。然，宁煤绝不好大喜功，胸怀天下，超越梦想再出发。是的，在产研学领域谁干得实，谁就走得稳、走得远。光阴读懂宁煤心，春风常驻，干劲始终保鲜，力量始终稳健，岁月始终长青，新目标、新愿景、新业绩频频上热搜，放眼望去，宁煤一路高歌猛进。

憋着这股劲，我们痛过、哭过，舍过、得过；遭遇过煤炭市场滑铁卢，经历过附加产品极寒期；应对过煤炭保供、疫情防控等突发状况；接受过贺兰山整治、“三去一降”供给侧结构性改革等光荣使命。只要国家需要，只要发展需要，宁煤不惜力。关井分流，整合重组，甩掉包袱。体制机制在变，可是人心不变，干劲不减。从银北到银南，“干”字掀起了千层浪，只要出产品，哪里都是家。极目远眺，宁煤大旗分外妖娆，发展成果全员共享，福祉社会。万家灯火时，煤语楚楚动人：宁煤干劲有多足，事业有多旺，生活有多甜，且问祖国山水。

翩跹宁煤火

这团火，集天地精华，蕴煤企精神，听《山海经》呼叫石涅，到魏晋时轻唤石墨、石炭，在《本草纲目》中应答我是煤，是新时代光彩重生的煤呀。

就是这团火带我们走进人民大会堂领奖，掌声仿佛还在耳畔回响。2009年，宁煤超低灰纯煤生产及制备工艺荣获国家科技进步二等奖，这是多少行业精英梦寐以求的天花板，是宁煤人干出来、创出来的“神话”，还有“神宁炉”等一座座里程碑式的科技创新项目，铺就了一条风含情雨含笑的奋进之路。回望二十年轮，宁煤之力，怎一个“干”字了得！

最有发言权的还是煤，细数让它由黑变白的煤化工“魔法”，让它由固态变液态的煤制油“妙方”，还有让它走向红毯的人和事。来一个煮酒夜话，宁夏煤炭五十年，宁煤助力二十载，今朝欣慰致敬，一路向北，报告祖国：宁煤正好！

长长的路就在脚下，再出发的号角就在耳边。一个个闪光的“干”字，一次次漂亮的冲锋，认准了目标，宁煤绝不迟疑，向前！向前！踏上新征程，继续接力传承，向新业态新目标，大步走出宁煤新锐气。

（原载《神华能源报·宁煤版》2022 年 5 月 16 日　赵玉林）

我是一块煤

来到煤城，成为一名真正的煤城人，我便与煤融合在了一起，分不清我是煤还是煤是我了。

身居煤城之中，满眼看到的是煤的景象，满耳听到的是煤的故事，满身沾的是煤的尘滓，满口说的是煤的话题，全身心享受的是煤的馈赠。因为，煤城的煤与煤城人的生活乃至生命是那样地息息相关。因为这个缘故，我便常常想起煤，也因为这缘故，我也常常思忖寻觅着煤给人以启迪的东西。有人把煤城的煤比作“乌金”，也是基于它金子一般的使用价值，煤城的煤就是这样被煤城人作为宝物珍视着、亲近着。

煤城煤的命运与煤城人的命运是那样密切地融合在一起，盛衰荣辱，起起伏伏。

真正的煤从里到外都是一种颜色、一种质料、一种形象、一种品格。石头一般坚硬、墨汁一般黝黑、宝石一般纯粹的煤，将自己毫无保留地全部燃烧！不管人类用什么器具将它击打挖运，用什么手段将它拥为己有，也不管人类用它去做什么，如何去做，它都是那样默默地、坦荡地按照人类的意志或意愿去履行它的义务、完成它的使命——或大或小或明或暗地燃烧，散尽它全部的光和热，一心一意，无怨无悔。

这就是煤，就是刚毅坚强、纯洁高尚、执着奉献的煤。它将自己燃成灰烬，以自己的毁灭给人类以热、以光、以动力、以幸福和文明。

因长久生活在煤的世界里，我便想起了在煤矿工作的人们，也常想到煤的选择，想到了煤与我的事业的某种联系。我觉得，将教师比作春蚕、比作蜡烛、比作园丁、比作梯架，都没把教师比作煤更为形象、恰当了。教师和煤一样只知默默地奉献，从不知索取回报；教师和煤一样执着坚强地去完成自己的使命，恪尽职守地履行自己的义务；教师和煤一样燃烧自己给人们光和热，消灭愚昧，开启智慧光明，传递人类文明。在教师的身上，煤的一切精神和品质都得到了充分体现和发扬光大。教师是煤的活化身，煤是教师的生动象征。

煤的职责是燃烧，释放尽自己的全部能量；煤的精神是奉献，释放尽自己所有的光与热。愿我们以煤的精神去建设这座以煤而文明的城市，愿我们以煤的品格去完成煤的事业，创造人类更辉煌的文明。

我是一块煤，快乐地燃烧在煤城建设的炉膛里；我是一条鱼，自由自在地畅游在煤城的河流里；我是一棵草，茵茵生长在煤城肥沃的土地上……

（原载《宁夏煤炭报》2003 年 3 月 11 日　尤屹峰）

煤矿人

煤矿人生活在介于乡村和城市之间，既具有淳朴、土气的一面，又有积极先进的一面。矿山人大多数是从农村来的，当然，还有各个学校分配来的大中专学生及待业青年。生活在煤矿这地方，没有明显的农村与城市的界限。因为煤矿本身就坐落在一个小镇里。一抬腿出门便是庄稼地，让你感到矿山很小。矿山也是一个熟人的圈子，同事和亲朋都生活在和睦、恬静的气氛中。

煤矿中生活的人相互之间都很熟悉，即使有的叫不出名字，也知道在什么地方上班，或者是经常见面。走在马路上，你要不停地打招呼。这里没有多少秘密，芝麻大点事也会人人皆知：谁家的孩子考上重点大学了，谁家的媳妇生了个男孩，谁家的媳妇生了个女孩，谁家孩子不听话，偷了别人家的东西……这些事都瞒不过众人的耳目。矿山留守后方的人有足够时间去议论这些小事。有时，并不是人们在刻意打听别人的生活隐私，只是空间太小，有些事情你即使无意关注，也会传到你的耳朵里去。在煤矿这片天地里，人与人保持着一种亲近而自然的关系。因为谁都不敢保证，自己会不求助于别人。矿山太小，大家都处于一种互动状态，既相互依赖又相互监督。这里新鲜事不用登报上广播，谁想干什么，前面走后面就有人知道。

生活在这里，其实最重要的是真实。什么吹牛说大话、什么歪歪心思你都得收拾起来，因为矿山人看重的是“实在”。生活当然也是平平安安，谁如果惹是生非、行为异常，就会招来大家的蔑视和反感。

煤矿工人有一个最大的特点就是很顾家，老家小家都在他们照顾的范围。老家也许还有老父老母，或者哥哥嫂嫂等人。他们把收入的一部分拿出来照顾老家，其余的一部分留给自己。对于老家，他们常常有一种特殊的情感，每年他们都要为老家拉几吨煤、送些衣服等生活用品。当然，老家也为他们捎来一些洋芋、荞面等土特产。老家来亲戚了，不像城里人那么多客套，于是老家的人也爱来煤矿这地方。当然，来矿山做客，你也不必为饭量过大而尴尬，因为这里人不像城里人那样用小碗吃饭，来客人都上大碗，那样实在，不用一次又一次去盛饭。这样亲戚朋友也可以放开肚皮吃，直到吃饱。

煤矿人的生活是平凡而琐碎的，也是丰富多彩的。在平凡的生活中，人们为自己的生活营造出许多工作和疲劳之余的点缀。每当夜幕降临，老年人就聚在一起，下棋或者唱上两段秦腔，体验一种悠闲和自在；而年轻人的生活更加丰富多彩，打篮球、唱歌，用歌声放飞心情、陶冶情操。

这就是煤矿人，平凡而不乏激情，琐碎而不失大度，实在又不缺少浪漫。一群与黑金为伍的煤矿人。

（原载《宁夏煤炭报》2004 年 8 月 20 日　李金花）

十年灯

桃李春风一杯酒，江湖夜雨十年灯。从宁夏吴忠市盐池马家滩到宁东化工基地，十年的时间流逝，成长的不仅仅是我自己，还有宁煤。十年的岁月灯火相伴，深刻记忆的荒漠印象和翻天覆地的巨变在时光的长河里交错，见证了这十年的发展之路。寒来暑往间，十年的青春岁月即逝，亦有幸见证宁煤二十周年的到来。

初出校园，彼时只觉得天地宽广，未来无限可能。未曾遨游外面的四海广阔，父亲一纸家书便让我做继承父业的“煤二代”，回到这片生我养我的土地上。心怀无限憧憬，彼时心有所感，也许我未来便在这片土地上“战斗”一生，青春的梦想便是把理想的向阳花种植在这片荒原上让它绽放，并结出饱满的果实。

初到金凤矿，毛乌素寸草不生，荒漠化严重，漫天狂舞的风沙就像牧羊人的鞭子，抽打着皲裂的脸庞。在离地面几百米、黝黑深邃的矿井下，猴车就像一艘艘舟船，载着青春的理想来往于荒漠的地面和黝黑的井下，单调的煤锹铲着一锹锹“黑色的金子”，汗水打湿黑色的工作服。一个个青春的身影闪耀在采煤一线，一寸寸在地底掘进煤层，输送走一车车的煤炭，彼时的金凤矿在高质量发展道路上疾驰如飞，彼时的宁煤风华正茂。

而今虽不在煤矿，神经元网络、记忆割煤、一键启停……这些新词汇与煤炭开采不断响在我耳边。这些新词汇不断革新着我脑海中对金凤矿的记忆。我看到煤矿工人穿着崭新的工服在中控操作室开启设备掘进煤层，新技术的应用正改变着传统煤矿的生产方式，绿色矿山正在输送着民族发展之能源动力。在离开金凤矿的六年时间里，我不断听到煤矿高速发展的捷报，我听见了曾经奋斗过的地方在不断地拔节成长，我看到了向阳花不断绽放在马家滩的荒野上。

2016 年，响应“社会主义是干出来的”伟大号召，满怀奋斗的热情，我奔赴煤制油而来。在煤制油项目建设现场，从空旷无垠到设备林立，塔吊从无到有再到没有，建设者由少变多再变少，施工机器的轰鸣声由嘈杂到寂静再到嘈杂。在人们的期盼中，煤制油项目如期竣工，如期开展试车。从动力站点火到空分产出合格气体，再到气化炉运行，最后到全流程打通。伴随着煤制油的发展，2016 年 12 月 26 日，煤制油终于产出合格柴油，全公司上下沸腾了，向宁夏回族自治区、向党中央上报喜讯。作为一名参与者，我见证了整个过程，也见证了煤制油扬帆起航的高光时刻，智慧工厂正在开创未来、走向世界。

今天站在 2022 年的节点上，耳畔回响着煤制油年产百万吨、创效亿万元的欢呼，是煤制油超计划完成工作任务的捷报。而立之年已过，镌刻在煤制油岁月年轮上的成绩，是一代代煤制油人艰苦奋斗的成果。在宁东大地，浸润实干兴企之内涵，拼搏化工发展之基础。当下，我身在宁煤，身在煤制油，何其有幸！

行走在煤制油这片热土上，六年的时光里，见证了很多年轻一代人来到煤制油，青春的气息渲染着这份蓝图，他们当如猛虎、如朝阳。看着新一代煤制油人，我看到了希望和未来，也看到当初的自己。

此时此刻，“神宁炉”正铸造未来复兴之基础。“肩兹砥柱中流之责任”，生逢美好时代，把个人梦想汇入时代洪流，唯愿以最饱满的工作状态去答谢最美好的时代。我亦是愿意将理想信念开出的向阳花化作不灭的灯火，用自我的奋斗照耀前行的道路，见证新时代发展中的宁煤。我亦愿意用更多的十年时光守护在宁煤的航路上。

（原载《神华能源报·宁煤版》2022 年 7 月 18 日　刘安宁）

两代矿山情

我们一家人，有三个与煤矿有缘，一个是父亲，另外两个是大哥和我。我们一家两代三口与煤矿有着妙不可言的缘分，我们一家人对煤矿有着难以割舍的情怀。

1982 年，父亲和煤矿……

父亲的人生从石炭井矿区起步，经历了石炭井矿务局的几次改制，从一开始的石炭井矿务局到太西集团，再从太西集团到宁夏煤业公司，然后到神华宁夏煤业集团，再到如今的国家能源集团宁夏煤业公司。清晰记得，那是千禧年刚过，父亲工作的单位发生了翻天覆地的变化，石炭井三矿破产了。父亲和他们那一代人又背着行囊来到了红梁煤业公司。

从石炭井一矿开始，父亲就是靠着自己勤劳的双手，在井下扛着铁锹努力挖煤，在煤矿扎下了根、安了家。

父亲始终念念不忘过去，每当二三两白酒下肚以后，便开始忆往昔峥嵘岁月，把陈年往事翻出来重复一遍又一遍地讲给我们听。已经听过了无数遍的我们，也只能安安静静地一次又一次“心甘情愿”地接受洗礼，曾经在心底暗暗发誓：说啥也要离开煤矿，说啥也不当煤矿工人，不要走父亲的老路。

矿山在不断发展变化，而父亲的工作岗位始终没有改变，身份也没有变，父亲始终舍不得离开煤矿，直到 2011 年，光荣地退休了。父亲虽然退休，但一直心系宁煤，关注着宁煤的发展，关心着我和大哥的工作。

2006 年，大哥与煤矿……

作为煤矿工人的后代，子承父业的使命感还是“挽留”了我们想要飞得更高的愿望。小时候，我们对煤矿还是有那么一点点的憧憬，探索着乌黑的煤是怎么被挖出来的，想象着父亲在井下是如何工作的。小小的疑问被我们深藏在心底，一藏就是十好几年。

2006 年，大哥终于结束了在广东的打工生活，回到了矿区。他回到煤矿的原因很简单，不想远漂了，煤矿工作稳定收入也稳定，不必再像南漂时，担心工厂停工停产而没有了收入。也许是外出游子漂泊的时间长了，对于家的念想也会越来越浓烈。大哥参加工作那年正好宁夏煤业公司加入神华集团，新组建的神华宁夏煤业集团就像一艘海浪上行驶的航船一样，带领着像大哥一样的青年人在煤海里披波斩浪。

大哥在煤矿工作了几年以后，便用攒下来的钱在银川购买了一套住房，这是他以前想都不敢想的“大事”。归根到底，是因为我们的国家日益强大，我们的企业日益壮大，煤矿工人的生活越来越好，煤矿工人的获得感更足、幸福感更可持续、安全感更有保障。

最近，大哥换了新房，大哥口中总爱哼唱《今天是个好日子》。

2008 年，我与煤矿……

2008 年，想不到我也成了一名煤矿工人，工作的地点和大哥不远，我们开采的是同一个煤田。那一年正好是北京举办奥运会，看着奥运圣火传遍神州大地，我在煤矿暗下决心，一定要努力干，不负这个好时代。

经历过高考的失利后，起初来到煤矿，心有不甘。我时常想，煤矿工人在很多人眼里都是一个上不得台面的工作，这也情有可原，毕竟“煤黑子”的称呼被喊了好多年。想要一时半会扭转外人对煤矿工人的看法，那是不可能的。

但在煤矿工作久了，会慢慢发现她的美，从父亲工作的石炭井三矿，到大哥工作的枣泉矿，再到我所工作的梅花井矿，我们一家两代三口人围绕着煤矿转了一年又一年，幸福的生活也包裹着我们的家庭一天又一天。

2022 年，我们两代矿工的梦想……

如今，我已在煤矿工作了 13 个年头，大哥在煤矿工作了 15 年，老父亲身体还算硬朗，快 70 岁的他最喜欢看中央一台，听一听国家的变化，然后再给我们打一个电话，叮嘱我们一定要遵守安全规程。母亲则是小区广场舞的主力队员，60 多岁的她红光满面，最常说的一句话：感谢党、感谢企业，带给我们家幸福的生活。

光阴流淌，年复一年，日复一日，我们的矿山情怀故事还在继续，延续下来的这些场景，历历在目，一次又一次把我们一家人的故事编织在一起。随着宁煤事业的发展，我们住上了楼房、购买了小车，唯有煤矿那浓烈的煤尘、那黝黑的面庞，诉说着我们一家两代三口人的矿山情，这份情刻进了如火的岁月里。

（原载《神华能源报·宁煤版》2022 年 5 月 23 日　王永航）

那道矿山风景

最后一次被评为劳模后，父亲光荣地从煤炭战线上退休了。许多年来，这样的荣誉有过多少次，父亲已经记不清了。而对于父亲来说，最重要的是，他将离开与他相依相守了三十多年的那一条条熟悉的巷道。三十多年来，父亲学会了与矿井交谈、与煤交谈。黑色的煤在父亲眼中，是那样的生动和美丽。也许，父亲更懂得那沉默不语的煤以及渴望燃烧自己而让别的生命更加亮丽多彩的情愫。所以，父亲才会义无反顾、长年累月地背负着地壳和岩层，执着地将那沉睡的乌金唤醒！沉睡了千年的黑太阳啊，在父亲的手中燃烧了，通红透亮的光芒映照着父亲布满皱纹的脸庞。他的手，因劳作而变得弯曲和粗糙，心，却被照得火热沸腾。

父亲不识字，但当哥哥毕业后想留在煤矿同样做一名矿工时，父亲却拍拍哥哥的肩膀说："孩子，去上学吧，现代化的矿井，不需要只会挖煤的人。"而他自己对于矿井的执着，就像他对于生命的感悟和热爱一样坚毅和深沉。

刚刚离开矿井的父亲，显得那样的失落和无措。当年的他走进 800 米深的井巷时，是那样朝气蓬勃、英姿焕发，而如今却已是白发老人了。这样一个沉重的生命历程，有谁能够诠释得透呢？

退休的父亲，很快被疾病所困扰。长年的井下工作，使他的肺部被煤尘侵蚀，致使血液中的含氧量严重不足。疾病让他看起来更显苍老，他的手，粗糙得找不到血管。而这一切，却依然不改他的初衷。

父亲每天都要爬上山顶，看那绿树掩映的矿区。在那即将入井的矿车里，仿佛还有他的笑声，在机声隆隆的工作面，仿佛还有他的身影……父亲退休了，他的心，却留在了井下。于是，每天夕阳西下时，美丽的矿山又多了一道风景：高高的山顶，总是静静地伫立着一位老人，他默默地注视着山下的那片矿区，夕阳的余晖倾洒在他的身上。那是一幅高明画师也描绘不出的美轮美奂的画卷。即使描绘得出老人，又怎能描绘得出他胸中的爱意，即使描绘得出夕阳，又怎能描绘得出夕阳对于大地的眷恋！

脚步匆匆的人们，请记住啊！这个世界上有一个名词叫做“我的矿工父亲”，它使那沉睡的冰冷的石头也感染到了生命的温馨和绵长。

（原载《宁夏煤炭报》2003 年 5 月 21 日　周晓荣）

02
矿山故事
Kuangshan Gushi

那一代的“白富美”在石嘴山造了一辈子炸药

儿时记得在巍巍贺兰山下，有一个化工厂，离工厂四五里地有家属区，我就出生在那里。父母是老一代化工厂人，他们在 1958 年工厂成立初期就支援宁夏，来到了这里，在化工厂一直工作到退休。

坐落在贺兰山脚下的化工厂

新中国成立初的宁夏十分落后，众多领域尚属空白，各方面亟待建设。当时，一批批干部、科技文卫人员、大学生、工人等从北京、上海、浙江等经济相对发达的地区来到宁夏。1958 年，母亲独自一人从河南老家千里迢迢来到干旱少雨的西北。火车一路向西，故土渐渐远去，青山绿水渐变戈壁荒漠，几日几夜颠簸后终于抵达银川。尽管有心理准备，但宁夏的落后还是远远超出母亲的想象。“当时根本不像城市，比县城还小。风沙特别大，四周光秃秃的，路上基本见不到几个人……”这是母亲对宁夏的第一印象。母亲回忆，当时除了两座古楼外，其他建筑都是低矮的土坯房，所需的日用品都得从外地带入。母亲留着一对长辫子，穿着一件大花格上衣，走在路上会有很多人围着看。

母亲早年工作照片

从母亲口中得知，她当时差点被宁夏日报社招录，只因为自己的文化程度不高，担心无法胜任这份工作。后来，母亲要求到原银川阀门厂工作。在建设石嘴山化工厂初期，母亲主动放弃在银川的工作环境和条件，和同伴们来到条件更为艰苦、地理位置更为偏远、交通不便的小镇——石嘴山，一起投身到建设的大潮中。

母亲如今已快八十岁，但对那些年的往事依然记忆犹新。那时候，他们正值青春，年龄大的不到二十岁，小的只有十五六岁，大家被分配到不同的工作岗位上，开启了他们艰苦创业的人生历程。

那时候的贺兰山脚下，到处是荒滩碎石，白天风沙蔽日，夜晚漆黑无光。当年，最早的一批拓荒者来到荒芜的戈壁滩时，生产生活条件都非常艰苦。

废弃的厂房向世人默默诉说着曾经的岁月

面对艰苦的生活工作环境，母亲与同事们住在四处漏雨漏风的土坯房中，或挤在冬冷夏潮的木板棚里，吃的是沙粒饭，喝的是带泥沙的水，顿顿吃的是馒头就咸菜。如果谁从家里带点好吃的，大家都兴高采烈地抢着吃。那个时候，母亲和工友们徒步或赶着毛驴车运输各种建设物资，一起打土坯、盖房子、建窑洞、筑防爆土堤、植树造林阻挡风沙。在大家“敢教日月换新天”的豪情壮志和不懈努力下，建起了一座座厂房，他们从一条简陋的铵梯炸药、雷管生产线起家。“干起活来不顾疲劳，浑身汗水也不在话下，硬是凭着一股不服输的干劲，靠人拉、肩扛、手工操作，用土办法生产出了第一批合格的炸药。”母亲自豪地发出感慨。

早期的焊金丝工段工作现场

那时的化工厂，有的工作又脏又累，冬天穿着

老一代化工厂工人在维修电机设备

单衣还汗流浃背；有的工种虽然有三毛钱的保健费，但却无法抵消有毒化学药剂、有毒气体及药尘对人身体的侵害。母亲刚被分配到装填班，老师傅们就讲：“往雷管里装药要非常小心，稍有磕碰都很危险。”干装填工作的人，双手什么时候都是黄黄的，洗都洗不掉。那时，母亲的师傅是一位年长的技术员，母亲遇到困难，心里有想不明白的问题，只要找到师傅，准能解除母亲的疑惑。因为有了工厂的培养教育，有了师傅们的传帮带，母亲和她一起来的姐妹们将这种爱岗敬业的精神传承了下来。

现在，家家户户都有卫生间、淋浴室，还有专门的洗浴桑拿中心，而

化工厂组织学校小学生在家属院打扫卫生

化工厂庆祝国庆大合唱比赛

石嘴山矿务局化工厂大门口，这里现在是石嘴山市工业遗址

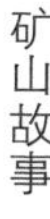

在20世纪七十年代，人们洗澡要步行四五里路，到工厂的浴池或锅炉房才能解决。那时，工装破损，浑身药尘，十指焦黄，虽然他们被戏称远看像个逃难的，近看像拾破烂的，但他们没有一个人嫌弃这个并不富裕的化工厂，他们把青春和人生都献给了钟爱一生的火工事业，很多人长眠在了这块热土。

母亲退休已经20多年了。她说，她永远忘不掉女师傅背着孩子，顶着西北风往厂里走的背影；梦里，母亲站在窑洞旁的土路上盼望着拉煤的卡车；梦到的是徒步走在返厂的路上……这些都深深地印在母亲的记忆里。母亲和同事们心怀感恩，感恩生活对他们的磨练，感恩工厂对他们的培养。

如今，石嘴山化工厂发生了翻天覆地的变化。工厂进行了整体搬迁，采用了国内先进的工艺技术，建起了四条新的生产线，更新了机器设备，实现了电子监控和自动化、连续化生产，淘汰了对身体有害的铵梯炸药的生产。工厂绿化、美化，厂容、厂貌焕然一新，工人的作业环境彻底改变。职工生活条件也大有改善，所有职工在市区有了住房，每天上下班有专用通勤车接送，工资待遇也越来越好。

60年的岁月，流逝的是时光，留下的是记忆。

长辈们从过去的风华正茂、朝气蓬勃的俊男靓女已步入到花甲之年。父母数十年如一日，奋斗在平凡的岗位上，扎根化工厂，奉献化工厂，用宝贵的年华谱写了最美的青春之歌。

（原载“宁夏煤业之声”公众号2018年10月11日　赵　寅）

注：原石嘴山矿务局化工厂，现更名为宁夏天长民爆器材有限责任公司。

一个白芨沟娃的住房简史

作为矿工子弟的我，一个地地道道的“煤二代”，对于房子的向往，从最初的安居，到后来的暖居，直至今天的乐居，有着一段段难以忘却的经历。

1972 年白芨沟煤矿建成投产，年仅 19 岁的父亲，从农村走进了矿山。建矿初期的生产、生活条件尤为艰苦，一切都要从头开始。为了安置从河南、安徽、山东等地远道而来的矿山建设者，让大家居有定所，矿上就地取材，利用黄泥掺入麦秸秆制作土坯，搭建了一批土坯房。

20 世纪 70 年代白芨沟煤矿依山而建的土坯房（小地窑）

这种由黄土垒砌起来的房子让父辈们在那个艰苦的年代有了遮风避雨的住所。

1977年，父亲回乡探亲之时，和母亲在农村大队公社领取了结婚证。探亲期一过，父亲就要返回千里之外的矿山工作。母亲想要跟随父亲一同前往，可父亲当时在矿上没有自己的房子，母亲的想法显然不现实。为了尽早结束两地分居的生活，返回矿上的父亲决定自己动手盖一间房子。在一个小山坡上选址后，父亲每天下班来到这里，用铁锹、钢钎在地上凿出壕沟，背来石头打地基。那年，父亲一边上班下井，一边用自己的双手，以土坯、木板、木梁搭建了一间土坯房。次年，父亲把母亲从河南老家接到矿上，结束了两地分居的生活。

由于当年矿上条件太过艰苦，母亲在生我和哥哥时，又不得不返回老家。计划经济年代，父亲一个人在矿上上班，口粮不够一家四口填饱肚子。在我四岁时，母亲只好把哥哥留在农村跟随爷爷奶奶生活，我则跟着母亲回到矿上，和父亲一起生活。幼年的我，对于矿上有别于农村黄土地的生活充满了好奇，尤其是那间阴暗潮湿、低矮狭小的土坯房，仅能摆下一张双人床和几个木柜。一墙之隔的外面搭建起一个木棚，那里是做饭取暖的火炉。就这样，我在这间土坯房里度过了四年童年时光。

20世纪90年代矿区常见的砖房

1988年的一天夜晚，窗外呼啸的北风像猛兽般漫天肆虐，正趴在窗台前吃饭的我被一股强烈的气流掀倒在地。当晚记不清到底发生了什么，只记得第二天醒来看到屋里被吹得凌乱不堪，满是尘土，

2007年矿区职工家属喜迁锦林社区

窗户散架、玻璃碎裂，土坯院墙也被这场大风刮倒了。仅有的一间土坯房成了危房，失去家园后，我哭着说，我想要家。父亲不得不起早贪黑加固房子，并在这间土坯房的旁边进行了扩建，一间拔地而起的新土坯房彻底释放了一家三口拥挤的居住空间，父亲还重新垒了院墙。土坯房夏天容易漏雨，冬天冷如冰窖，虽然极其简陋，但在那个艰苦的年代，能够拥有一间属于自己的土坯房是所有矿工家属的梦想。

后来，矿上交通便利，经济条件宽裕了。父亲雇人开车从四十公里外的大武口拉来砖块、水泥、钢窗，将简陋的土坯房推倒，在原址上盖了更大的三间砖房。小院里栽上杏树，种上西红柿、玉米，还养了鸽子、兔子、鸡，小院里俨然一副田园景象。住上砖房后，最大的困扰是冬天水管容易上冻，每到冬季，矿工家属四处挑水就成了一道独特的景观。虽然吃水不方便，但那些年，三间砖房加一个小院，毕竟圆了我们一家的安居梦，有了属于自己的安身之所。

随着矿区的发展建设，生产生活设施日益完善。20世纪八十年代至九十年代中期，为改善矿工家属的居住条件，矿上陆续建了一批砖混结构的楼房供职工认购。1994 年，父亲交完 4000 元房款，我们一家四口欢天喜地地搬进了 60 平方米的楼房。用着井下抽上来的瓦斯取暖做饭，屋里既清洁又温暖，再也不用因土坯房的阴冷和漏雨而发愁了，再也不用因要四处挑水而困扰了。住在楼房里，让我们一家从安居跨越到了暖居。

闭塞偏僻的环境，限制了矿区追赶时代的脚步。20 世纪 90 年代末期，白芨沟煤矿的生产规模和生活条件虽然达到了鼎盛时期，但无论是教育资源还是医疗资源以及居住条件，与城市相比存在很大的差距。为了从根本上彻底改善矿工家属的住房环境，享受城市优越的教育和医疗资源，2003 年起，在自治区政府和宁煤集团的共同努力下，先后实施了采煤沉陷区治理项目和迁居工程，在惠农、大武口、贺兰、灵武、永宁等地新建住房。这一惠民工程如春风般吹向矿区，让久居矿山的职工家属陆续过上了城里的生活。2011 年，早已成家的我和哥哥分别在大武口、贺兰有了自己的小家，孩子能够接受更好的教育。父母也搬到了城里居住，闲庭信步于公园之中，乐享晚年生

迁居安置楼房

活。这次迁居工程，让我们三个家庭实现了从暖居到乐居的转变。

回首当年，父亲从河南来到宁夏，从农村走向矿山，这里原本没有家，父亲和无数矿工前辈自己动手打土坯，盖房子，毅然将家安在了大山深处的矿区，在艰苦的环境里战天斗地，采掘太西煤，让自己的后代在这里繁衍生息。这段历史的沧桑和厚重，唯有在矿区里长大的孩子才能深刻体会得到。

走在现在的矿区，环顾四周，曾经依山而建的土坯房、砖房仍然依稀可见。每一间房子都是老一辈矿工用汗水垒筑起来的不倒的丰碑。任凭风雨无情地吹打，将老房子摧残得残缺不全，甚至破败不堪，但一间间老房依然矗立在那里，成为一个个时代印记，承载着矿山发展建设的根基。

时代在进步，矿区在变迁，两代人扎根煤海，从土坯房、砖房、楼房的居住条件改变，经历了由安居到暖居，再到乐居的过程；是从无到有，由差到好，不断奔向幸福生活的过程。走过如歌的岁月，能够过上今天美好的生活，必然要心怀感恩。感谢父母，用勤劳的双手把我养大；感谢企业实施迁居工程，让我品尝到了幸福是奋斗出来的滋味；感谢宁夏这片塞上沃土，惠民政策让我感受到了身在异乡不是客，久居他乡如故土的归属感。

（原载“宁夏煤业之声”公众号 2018 年 10 月 26 日　闫建西）

当年洗澡像打仗

和煤矿一起建起来的，就有澡堂

汝箕沟不光是个煤矿，它还是个全智能的生活基地，要管全矿职工、家属、子女的衣食住行、吃喝拉撒，以及教育、医疗、养老、扶幼等所有事情。

还比如，洗澡。

和煤矿一起建起来的，就有澡堂。煤矿澡堂的淋浴器都不在少数。淋浴器的旁边，都有放洗头膏的小台子。外间的更衣室，有放衣服的衣柜，有坐着换衣服的长凳子，甚至还有几面好大的镜子。澡堂里的地上、墙上，贴了瓷砖隔潮，顶上开了天窗通风，屋里安了暖气供热。

最愁洗澡的是工人。工人们上班就得下井，下井就得换工作服，升井就得洗澡。天天上班，就得天天换衣服、天天洗澡。一个班上下来，哪个人不都得流一身热汗？这身热汗全捂在工作服里，工作服脱下之后，又捂在澡堂的更衣柜里，没有机会晾干。第二天上班，再换上这潮湿、脏兮兮、满是汗臭味的衣服，加上下班的时间没个定数，澡堂的热水却不一定保证二十四小时都那么热乎，其中的苦难以描述。

听老井下工说过：上班不愁，就愁进澡堂子；洗澡不愁，就愁换衣服。

天天进澡堂子的，肯定是井下工，他们一个班下来就像上了一次硝烟弥漫的战场。太西煤的小分子亲切地依偎着他们，连皱纹的褶子都不放过，只给他们留下一对大白眼珠子。不洗洗就回家的话，估计亲妈难认、老婆难认，小孩子怕是要被吓哭了。

进去10分钟不到就出来的，肯定是老工人，他们天天洗，烦了，恨不能擦一把，换个衣服就走。

进去老半天才出来，却是红眼仁、黑眼圈，且耳根子、鼻窝子里的煤灰还牢牢地长在那里的，肯定是新工人。

在破煤机前工作的女人和男人们一样，愁天天洗。其他女人愁洗不上，老工人愁天天洗，新工人愁洗不干净，家属们愁进个澡堂子不容易。

所以，洗澡是个让太多人发愁的事情。

矿区的女人们也在这里洗澡

矿上的女澡堂最重点的服务对象就是操作破煤机的女人，因为她们直接与煤接触，要把那些大小不一的原煤，在破煤机的帮助下，筛选加工成人们需要的各种规格。这个筛选的过程，让女工们每天下班都变得乌漆麻黑。所以她们需要每天洗澡、换衣服。

对于我来说，洗个澡就像闯关似的。首先是进门关。我家住在汝箕沟东南端的沟底，走到位于最西头北面的澡堂，一路上坡，要花半个多小时，这番跋涉之后，出了一身汗，洗澡的愿望更迫切了。然而，进澡堂的时候，要么是没有热水供应，要么是不到开放时间，或者是开放了，但操作破煤机的工人还没洗完。

总之，爬了半个小时的山坡来到澡堂门前，再等上一个来小时的开放时间，结果很可能是得不到半点清水的滋润，然后灰溜溜地从哪儿来，再回哪儿去。

所以，能进得门去，就是过了最难的一关。一旦进去，我们就不洗半天不出来，不搓掉几层皮不撒手，恨不能连下礼拜的、下个月的、明年的垢都搓掉，再也不用来这个地方。出来时，满脸被热水汽蒸得通红，一双手被水泡得全是褶皱，这就是那时候的我们。

澡堂本来没我们的份儿，好不容易进来一趟，不洗个淋漓尽致，对不起自己，也对不起这澡堂子。

在家里卫生间可以洗澡啦

20 世纪 80 年代，矿上盖起了楼房。先是一批简易楼，简易到什么程度？那就是各家各户都没有卫生间，就更别想什么浴室了。后来又盖起了多层的楼房，设计楼房的人一步到位解决了问题，不仅给每家设计了卫生间，干脆直接给装了浴缸。

然而，我猜这个暖心的设计者同时也是一个粗心的人，或者他也没有意识到，洗澡是个综合工程。谁说有个浴缸就能洗澡？没有水能洗吗？水不烧热能洗吗？而汝箕沟的楼房恰恰没有烧热水的设备，还经常停水。

社会总要发展，科技总要进步。不久以后，汝箕沟人发明了洗澡神器，那就是在卫生间的墙上挂个水箱，水箱里安个电热棒。水箱外安一个水位计，一个简易的、当时却觉得奢侈的浴室就搞定了。水箱、电热棒、水位计都不是问题，甚至，矿上专门开了一家小店，就卖这些东西，还卖装配好的水箱。关键是，你家的楼层不要太高，自来水的压力能把那难能可贵的水，压到那水箱里去。

洗澡，是美好的生活

离开汝箕沟后，来到银川没多久，我家买了房，装上淋浴器，还安个浴缸，洗澡的问题终于解决了。不仅如此，我还发现了一个特别棒的洗浴中心。人家起了一个更加高大上的名字，叫做水疗会所。

在那里想怎么洗就怎么洗，想啥时候洗就啥时候洗，想洗多久就洗多久。除了洗澡，还可以躺在沙发上看电视，可以健身、打牌、下棋、游泳、汗蒸，甚至可以吃饭、看节目。

于是，我第一时间邀请闺蜜们到这儿长长见识。

闺蜜用怀疑的眼神瞪着我，说：“名字起得再好听，那也是个澡堂子，那种破地方，居然还说是去长见识，你脑子没有进水吧！”我邀请全家人一起去，老公首先坚决反对，说：“我天天进澡堂子，还不够，好不容易回个家，还要再泡个澡堂子……”

我把洗澡的经历说给银川的朋友听，她居然笑得停不下来，边笑边拍着我的肩膀，假装语重心长地调侃：“你看现在多好，洗澡都不是问题了，你要珍惜这美好生活啊！”

孩子咧了咧嘴，十分不屑：“咱还能再土坯点儿不？洗个澡也叫美好生活？”

孩子从记事起就没有为洗澡发过愁，自然没觉得有澡可洗有多美好。而我，打心眼里这样想：因为过去的经历，所以喜欢今天的日子。

（原载“宁夏煤业之声”公众号 2018 年 12 月 19 日　靳志华）

矿山孩子的皮带底鞋

我是一个生在矿区、长在矿区、工作在矿区的 80 后。对矿山的一草一木、一砖一瓦都有着深深的情谊，一个场景、一个物件都能勾起我童年的记忆。

几天前，单位更换栈桥皮带，看着圆滚滚的皮带卷，让我想起小时候，这可是个家家户户必不可少的好东西啊。那时候，家里喂鸡的食槽、洗衣服的搓板、剁菜的菜板都是用这皮带做的，还有那伴随着我长大的“妈妈牌”布鞋。

“最爱穿的鞋，是妈妈纳的千层底，站得稳、走得正，踏踏实实闯天下。”《中国娃》这首歌声声入耳，洋溢着浓浓的乡土气息。

妈妈做的布鞋，伴随着我们这一代人长大。望着长长的皮带栈桥，让我不禁回忆起了儿时，妈妈为我们做布鞋的情景。转眼间，几十年过去，家中也不再有一双布鞋，但妈妈做布鞋的记忆却是唯一的，也是永恒的。

小时候，很多孩子都是穿妈妈做的这种皮带底鞋。

第一道工序就是打鞋样，其实就是用硬纸板按照每个人脚丫的尺寸，参照旧鞋的样子剪出鞋底和鞋面，作为鞋子的标准。然后用旧衣服裁下来的布打袼褙，一层布一层糨糊贴起来，一点点达到相应的厚度，最上面贴一块颜色好看些的布做鞋面，放到硬板子上晾干。要是冬天，妈妈会压在褥子下面，用热炕烘干，等袼褙晾干后，就开始做鞋底了。

当时，鞋底都是从矿上捡回来的废旧皮带，用圆珠笔在皮子上画出鞋底的样子，再用裁纸刀把鞋底割下来，把皮带一面的皮子用刀子割下去，漏出中间的帆布芯，接下来就是纳鞋底了。我记得那时候，妈妈都是先用刀子把皮子割一圈口子，再用锥子扎眼儿，再用磅线把鞋底的袼褙缝到帆布芯的这面上，再勒紧把线嵌入之前割好的口子里，避免磅线露在外面，容易磨断，最后在鞋底的边缘包上一层白布边，一双新鞋就诞生了。为了我们穿着好看，鞋的样子也不停地翻新，有用牛仔布做鞋面的，有用灯芯绒布料做鞋面的，还有加了盘带儿的。冬天的棉鞋，在鞋口加一圈毛毛的，妈妈们的智慧总是层出不穷。穿上新鞋，总会美几天，不过就怕下雨天，光滑的鞋底踩在松软的泥地里，走一步滑两步，一不小心就摔了一身泥。

如今，我已经步入社会，穿的鞋子各式各样：皮鞋、板鞋、运动鞋……这些漂亮的鞋子却始终都没有妈妈纳的鞋合脚。

忘不了妈妈纳鞋时锥子深深扎入皮带鞋底的吃力，忘不了自己穿着新鞋时神采飞扬的样子，忘不了泥地里摔倒时那滑稽的丑态……

你看，那细密的针脚，它是母亲对孩子深深的爱；你看那光滑的鞋底，它是矿山与工人间割不断的联系……

（原载“宁夏煤业之声”公众号 2019 年 3 月 26 日　李　伟）

请代我向企业问声好

初夏的银川，忽冷忽热。这对 1955 年生在平罗土炕上的马志华来说不算什么。

曾经的一矿，忽远忽近。这让复员招工又去过人民大会堂的马志华，从退休那天起就好像丢了什么。

奔腾的黄河，肃穆的大山，光阴很容易定格在人生最热火朝天的意气风发时。银川市民族北街东湖苑的条椅上，左耳失聪的马志华，一提石嘴山，回忆开始隆隆作响。

全部家当抵不上一部手机

1982 年初，27 岁的马志华知道石嘴山矿务局招工时，这个曾经在青海当了 5 年兵的复员军人，抱着对“国家工人”这个称号的向往，第一个报了名。父母对马志华的热情不以为然，认为好好当农民比钻到地下“扑光阴”有前途。马志华表面应承，但结婚 11 天后却只身来到了石嘴山报到。

踏踏实实干活，本本分分做人。在单位，他就是一个再平凡不过的小伙子，按时上班、月月满勤、工作满点；别人不愿干的，他“不浪闲话”接过去干；别人抱怨工资奖金少时，他总是“保持沉默的极少数”。久而久之，大家注意到了他的与众不同：工作面过废巷困难大、有危险，他二话不说把艰巨任务揽到自己肩上，一次又一次出入危险区。队领导和工友对马志华的一致评价是："马志华干的活一定是合格活、安全活、放心活。"

1987 年，马志华决定把妻子女儿从平罗老家接至石嘴山（今惠农区），将近 50 公里的路，他雇了辆手扶拖拉机连人带家具一趟搬完。当时住的地方位于石嘴山中街，是每月 10 元钱租来的两间破工棚，年久失修加上风吹雨打的侵蚀，房子满目疮痍，外面下大雨，屋里下小雨。睡觉时，一家四口就挤在一张床上。半年后，本打算跟着儿子享点清福的老母亲也来了，看着灌风灌雨、还不如老家的土坯房，一个劲地心疼儿子媳妇不容易——即便是农村老家也不至于住成这样，让人心酸。提起这段经历，马志华笑着说："现在一个手机都比那时候的家产还大呢，没有钱买煤，媳妇就带着孩子出去捡煤。那个时候，大家都没钱，日子也清苦，这一住就是 5 年。"

大会堂里"推销"煤炭

踏实终有回报。被选为第七届全国人民代表大会代表之前，马志华先后获得了"自治区劳动模范""全国劳动模范"荣誉称号。

1988 年，马志华坐上了去北京的飞机，那个时候坐飞机还是稀罕事。

1989 年 3 月 24 日，他再一次来到北京，在人民大会堂宁夏厅，作为宁夏煤炭战线的唯一代表，他惦记的是石嘴山矿务局一矿办公楼后不断增高的煤山，临行前自治区煤炭部门领导嘱托："国内许多地方煤炭奇缺，许多生产建设工程等煤下锅，可是宁夏却有 200 多万吨煤炭积压，运不出去，严重制约着宁夏煤炭事业的发展。"如何将这一状况反映上去？作为一名人大代表，他尽了自己最大的努力，翻看那封密密麻麻写满不同笔迹批语的答复信时，马志华感慨良多。

1991 年，马志华一家搬出了土坯房，住上了小楼房。生活越来越好，干劲越来越足。从普通采煤工到石嘴山一矿采煤二队党支部书记，马志华从不轮休，即便外出开会回来也不会休息，而是直接换衣服下井投入工作，马志华在队上的出勤总保持最高纪录——在 300 天以上。马志华没有什么惊天动地的壮举或足以让人引用的豪言壮语，看起来，他就是那样平凡的人，做着那样平凡的工作，但看到桌上大大小小的各种奖状、证书，他获得的荣誉也绝不是偶然的。

退休后，马志华第三次搬家，从石嘴山搬到了银川。

退休后的生活清闲了许多，但是多年的工作习惯已然变成了生活的一部分，他依然热心助人、依然低调内敛、依然感恩企业。他说："人要讲良心，我一个从农村出来的人，到现在能够老有所养，这些都是企业发展带来的成果。我们为企业奉献了青春，企业也成就了我们。走在银川的大街上，我最大的感触就是国家发展得好、企业发展得好，我们个人才会有幸福生活。"

送记者出小区，马志华反复叮嘱："请一定代我向企业问声好，没有这个平台，我一个农民哪有今天？"

（原载"宁夏煤业之声"公众号 2019 年 6 月 19 日　王廷军　胡珊珊）

闲说“地名”

大武口凉皮出名，卖到全国各地，还卖到了美国。其中有一家叫“三住宅凉皮”，很有名气。

20世纪80年代，石炭井矿务局机关从贺兰山腹地的石炭井下迁大武口，盖了办公大楼，有人直接叫它“8层楼”。为方便职工生活，在8层楼附近建了4个住宅小区和医院、学校等。住在三住宅的两姐妹利用打通的两间小房，做凉皮来卖，没有招牌店名，因靠近三住宅大门，人来人往，大家都叫“三住宅凉皮”，没想到今天成了著名商标。

用数字取名简单省心，一、二、三、四往下排就行了。于是，有了石炭井一、二、三、四矿，有了大武口煤机一、二、三厂，有了隆湖一站、二站、三站、四站、五站、六站。石嘴山市还有过一区、二区、三区。用数字取的名字好记，一、二、三、四、五，两岁的娃娃都会数，八十岁老人也难忘。

过了十几年，小区有了新名字，文鹏小区、文静小区、前康小区、前嘉小区。本世纪初，随着国家采煤沉陷区综合治理和城市棚户区改造项目实施，大武口锦林小区、丽日小区、康业小区先后建成，大批居民从贺兰山中迁此居住，成为大武口最大的连片小区。不要小看此地，时任党和国家领导人胡锦涛、温家宝都曾来过这里视察。这里也有一个老名：南沙窝。一个沙丘起伏的戈壁滩变成今日高楼林立、街宽树绿的新家园，老名新名都让人感慨。

这里也是老名新名一块叫，历史现实交融不分。

大武口还有一个叫农指的地方，20世纪六七十年代，石炭井矿务局发展农业生产，成立了农业生产指挥部，简称农指。后改叫过农林处、长城冶炼厂等。六十多年过去，大家还叫此地为农指。宁夏煤炭总医院改为宁夏第五人民医院，大家还是叫总院得多。叫老名字有一种情感在里面。农指，人们在这儿下过乡，在这儿修过渠种过树，喝过这儿的牛奶和酒，吃过这儿的瓜果梨桃白菜萝卜，所以难忘。总院，在这儿出生，呱呱落地，打针吃药，起死回生，所以难忘。

凡事皆可变。因此，地名也可改。这么多年了，石嘴山、惠农行政区划几经变名，许多人就是搞不清石嘴山市、石嘴山、大武口、惠农地理称谓，先是多有外来人去大武口、石炭井都在石嘴山下了车，现又多遇去惠农却买了现石嘴山站票的外地人。实际上两地相差百里，花冤枉钱，走冤枉路，耽误功夫，让人哭笑不得。

老地名大都朴实无华、土气味重。比如汝箕沟、白芨沟、榆树沟、马莲滩、枣窝，大多简单、好记、好找。一棵树、五栋房、二百户。老地名是一个地方的历史记载，都有说不完的故事。新地名不断出现，是这个城市发展变化的标志，更有前途美好的未来。青山公园、森林公园、星海湖、奇石山……会继续把大武口故事讲下去。

大武口是个好地方！

（原载《神华能源报》2020年5月14日　靳光明）

父亲的班中餐

如今，每天下井到饭点儿都有一荤一素外加米饭的班中餐，味道虽不及家中小炒，但是营养搭配已远超父亲当年的班中餐。

院里鸡叫头遍，母亲忙穿衣起床，架锅做饭。火是头晚用湿煤焖的，火柱捅开就现成，馒头、稀饭和炒菜，简单的饭菜一如既往地传承着家乡的情怀。待火光映红面庞，热气腾腾的饭菜就做好了。为了不影响我和哥哥们睡觉，母亲就把饭菜摆在厨房的案板上等着父亲洗漱。不多时，父亲弓着腰从里屋走出，穿着泛黑的工作服、披着满是补丁的羊皮袄，两人的默契是多年养成的，谁也不误谁的事。

端碗前，父亲习惯把碗里的菜拨出一些，说吃撑了难受。母亲一搭眼就明白，父亲是要给我们哥几个留口解馋，她说："一碗菜给你把控得刚刚好，他们哥仨不差这口儿。"

父亲犟上劲："你拿尺子量了咋的？"

"我给你量量，天不亮起身，步行二十多分钟，井下步行一个多小时，掌子面上打眼作业攉煤，熬到中午不饿晕才怪。"母亲嗔怪道。

母亲总拗不过父亲，还心疼他，缝了几个干粮袋，让父亲带些干粮，弥补缺欠。"不用操那份闲心，矿上中午送班中餐，葱花饼、糖饼好几个，下班也消化不完。"父亲一边说，一边将干粮袋揣进怀里。

饭菜的香味经常会把我从梦中馋醒，由于经不起诱惑，我总是假装上厕所偷偷溜进厨房，母亲总是略带责备地说：“你爸给你留的，吃去吧！”少不经事的我也总是一扫而光，长大后我才理解到母亲心疼父亲的那份心情。

那时白面是稀缺货，按家里职工人头供应。能保证做苦力的父亲吃上捞面后，就所剩无几了。

母亲想法儿粗粮细作，红薯面窝头、杂合面窝头、玉米面饼子……母亲费尽心思却勾不起我们哥仨多大食欲，她心里知道，在面食上我们对白色的向往是其他颜色不可替代的。母亲又开始想法儿，一星期窝头加一顿白面馒头。父亲从不碰馒头，他说班中吃葱花饼、糖饼，想换口味。我听到父亲提葱花饼、糖饼，香甜的味道刺激着口水不断吞咽，露出羡慕的神情。虽听父亲的工友朱叔说过，父亲所在的采煤队，离死神最近，处在矮小潮湿的巷道里，工作的 8 个小时只能侧躺着攉煤。但这种场景，当时我就像听故事，更多的是想象父亲吃着香甜饼子的情景。

父亲每天笑呵呵的，吃饱了还能拿回剩下的一个葱花饼或是糖饼，偶尔也会拿回来面包。每天一到下午六七时，我就会搬个小板凳坐在院子里等待父亲下班，父亲进门的那一刻便忙拿出装饼的干粮袋，笑得合不拢嘴，露出一排整齐的白牙。

父亲下中班后我们早已熟睡，即使不碰面，父亲也总要掀开炕帘，挨个亲亲睡梦中的三个宝贝，把饼放到炕头。

一天，朱叔下班路过我家，说父亲开会学习去了，让他把饼提前捎回来。“你爸也是的，班中餐就只发一个饼，还天天拿回家。”三个小脑袋相互瞅瞅，像听错了什么，又像做错了什么，不知所措。那天，葱花饼放着没动。

父亲回家的脚步声响起，小院静得异常。父亲有些不安，边进院门边取下随身带的工具袋往墙上挂，一不留神，工具袋滑落到地上，杂物散落一地：水壶、干粮袋……我们都跑出来帮忙，当时我看到掉在地上的干粮袋中滚出一个“小黑炭”，拿起来正准备扔，父亲忽然大喊一声，我们围过去一看，那是一块被煤染黑的吃剩的半个窝头，父亲忙擦着黑牙尴尬地笑起来，我们却再也忍不住齐刷刷地抱着父亲哭出了声……

长大后，我也成为了一名“煤二代”，虽然父亲已经离开我们十多年了，但每次想起父亲的班中餐，我都会在内心深处萌生一股奋进的力量。从父亲身上，我懂得了责任担当，体会到了家国情怀，学会了勤俭持家。

（原载《神华能源报·宁煤版》2022 年 11 月 14 日　燕永华）

不能忘却的味道

拥有时不知珍惜，失去后倍加缅怀，故人如此，故乡如此，时光亦如此。矿区生活于我，是难忘的童年，是渐老的容颜，更是承载昨日与今朝的记忆。寻一处静谧，品曾经的味道，那是时光串起的粒粒珠玑。

油浸枕木的煤焦油味

读小学前，常随父亲到乌兰矿，那时的矿区是我的乐园，因为矿山是沸腾的：通风设备四通八达，24 小时运转的轰鸣声响，各种输送管道涂着五色的油彩延伸向远方，火车轰隆隆的奔跑声和着汽笛的长鸣，井口、站台、运输线、井架上色彩各异的灯光亮如白昼——矿山是多彩的、立体的、动态的，更是温暖的。

父亲说，从这里出去的煤炭会让工厂发电，会让城市冬日不再寒冷，会让黑暗变成光明。怀念矿山特有的种种场景，弥漫在空气中的其实都是挥之不去的油浸枕木——煤焦油混合着葱油的味道。这就是时至今日，我对煤焦油不像常人般厌烦，而是略有偏爱的主要原因，我是在它的浸润中长大的。

矸石山特有的臭鸡蛋味

对于像我一样在矸石山上拣过煤的矿工子弟来讲，矸石山实在高峻、厚重。需仰视才能看到从高处缓缓下滑到低处的矿车一路将矿石卸掉，大大小小的矸石从轨道两侧滚动着飞奔而下。我们一大群孩子看到翻滚的矸石站定停稳后，挥动手中由矿工爸爸做的耙煤用的四齿或三齿小耙子，争先恐后地跑向刚刚卸下矸石夹带的小块煤堆，闻着矸石和小煤块的臭鸡蛋味道，快速地将大小不一、形状各异的煤块抢到自己的篮子或袋子里。当多辆矿车卸下的带有臭鸡蛋味的“新鲜”煤块被我们这些黑手花脸的孩子哄抢干净后，就会出现你帮我扎好袋口、我帮你捆到自行车上的和谐互助。十几个孩子唱着歌欢快地回家了，因为家里不用再花钱买煤，我们为家里省钱了。

甘之若饴的老冰棍

20 世纪 70 年代，矿工的家庭生活也像其他贫困地区一样，吃得刚能算饱，穿得刚能遮体。家境不好的孩子，对吃的追求是最能超乎你的想象的。满大街背着冰棍箱子沿街叫卖“冰棍、冰棍”的大婶们，炎炎烈日下嗓子都喊哑了，却不舍得自己尝尝它的味道。

放暑假时，一群中小学生加入叫卖大军，没有经验，只凭着腿快、有精力，从早到晚穿梭在居民区的房前屋后。天黑了，还没卖完剩下的，不能眼睁睁地看着五颜六色的冰棍慢慢融化成水，淌湿冰棍箱子里的棉被。在没有其他办法的情况下，只能回到家，心疼地取出来，小心翼翼地放入碗中，让在家里等候已久的弟弟妹妹舔一下、吃一口。看着他们满足的神情，心中竟会升腾起一丝自豪。

其实，那个年代的冰棍配料简单，添加奶粉和牛奶的已是最佳美味了，白糖的甜味充满口腔里每个味蕾的感觉是如此的美妙和幸福。

猪肉酸菜炖粉条的香味

老矿工多来自东北，逢年过节、老人过生日、结婚娶媳妇，诸如这样的好日子，我们是要吃猪肉酸菜炖粉条的，这是当时最好吃的菜肴了。

无论谁家炖酸菜，住宅前后排都能闻得到，大块猪肉爆香，热油里下葱花，瞬间充盈鼻孔的满是馋人的香味。再依次放入白色的酸菜帮、绿色的酸菜叶，翻炒后加水，快出锅时放入吸油的红薯粉条，盖上锅盖大火炖，香味弥漫，小伙伴们羡慕的神情、流淌的口水，时至今日仍历历在目。

有一种幸福传递至今，因为它温婉如初，生活静好；有一种感动值得回味，因为它栉风沐雨，现世安稳；有一种怀念珍藏心底，因为它春和景明，花开成海。

（原载《神华能源报·宁煤版》2019 年 8 月 22 日　袁宝艳）

石楼旧事

故事要从我朋友石楼居住的三个家开始说起。石楼是个人名，他是我的发小，我们一起穿着开裆裤在矿区长大。据石楼说他牛气的名字是父亲费尽心思给他起的。其实，只有我知道真正的原因。

那时，他父母住在石嘴山矿务局二矿宿舍楼，说是宿舍楼，其实每户都是拖家带口。

住过那里的人都知道，长长的走廊，一眼望不到边际，每次去趟厕所，都是一次奇妙的旅行。你要侧身避过李叔叔家的白菜堆，闪躲腾挪地绕开王阿姨家晒的尿布。有一次，石楼上学时头上肿起了一个大包，我问他怎么成了“独角大王”。他说:“别提了，晚上拉肚子，急了点，撞到了李大爷家的自行车。”我开玩笑对他说:“别担心，今晚再撞一下，两边就对称了。”懊恼的他满校园追打我。

单身楼里每家每户门上都要挂一块门帘，用来阻挡各家的隐私，其实只是心理安慰罢了，昨天谁家吵架了，今天谁家来了客人，全是现场直播。但可能有一个好处，石楼的个头能长到 1.83 米，全靠的是吃百家饭长大，那个时候，谁家做好吃的，都会与邻里分享。单身楼里最壮观的景象是做饭，一到饭点，家家户户就在楼道里烹、炸、炖、煮，各有特色，烟味、菜味，各种味道交织在一起，久久不能散去。大家常年住在一个楼道，习惯了孩子们挨家挨户蹭吃，在这家吃块肉，去那家啃半根黄瓜。

一趟趟去水房洗尿布的过程，慢慢消磨掉了石叔叔的棱角，石楼这个好记顺口的名字应运而生。石楼的降生，给原本就拥挤不堪的房子带来了新的烦恼，他的学步车要用绳子吊到半空中。后来，石楼上学了，石叔叔把放在梳妆柜上的鱼缸忍痛送给了朋友，腾出地方让他学习。石楼喜欢爸爸上夜班，因为那样，他就可以舒舒服服地睡上一觉。石叔叔在煤矿上班，工作辛苦，睡觉呼噜声很大，经常把石楼和他妈妈吵得无法安睡。为了能够让孩子妻子睡个好觉，石叔叔常年上夜班。久而久之，他显得比别人憔悴很多。记得上学时，每次去石楼家，进屋时都要脱鞋，我很好奇，就问石楼："你家铺地毯了？"他总是把手放到嘴边让我轻声点，我才听到在晾满衣服的屋里，传来了石叔叔的呼噜声。石楼和我是矿区的孩子，最能体会煤矿工人的辛苦。

1995 年，石楼家搬到了石嘴山二矿路，为此，石楼激动地往我家跑了四五趟，他说："我搬到你家房后了，今后上学再也不用往学校相反的方向来找你了。"我也很高兴，不仅是我俩一起上学方便了，更重要的是石楼妈妈包的饺子，至今都让我怀念。

石嘴山矿务局二矿周边星罗棋布、见缝插针地建有很多设计独特的平房，有的是矿上组织建造的，有的是矿上工人为了改善居住条件自己建造的。放眼望去，你会惊叹煤矿工人的创造能力，有的把房子建在推平的矸石山上，有的建在沉陷后的大坑里。房子建在哪里，哪里就是一处提高生活水平的生动写照。石楼家自从搬到我家房后，屋子比过去大了，石叔叔也终于不用再常年上夜班了。

居住平房的日子，是我童年里最开心的时光，但也有难过的回忆。矿区的房子很多都年久失修，一到下雨天，每家每户都要准备"抗洪"，经常是外面大雨，屋里小雨。这个时候，石叔叔就要爬到屋顶用塑料布遮盖屋顶。一次，我和石楼正在帮忙遮盖屋顶，只看到石叔叔脚下一滑，从屋顶摔了下来，腿和腰都受了重伤。当时我和石楼都吓哭了，石楼哭着在雨中奔跑找人帮忙的样子，至今我还清楚地记得。

石嘴山矿务局有 60 多年的煤炭开采历史，宁夏地区的第一吨煤、第一度电、第一炉钢都出自这个地方，它为支持国家经济建设做出了突出贡献。随着煤炭资源枯竭，这里逐年形成采煤沉陷区，沉陷区地裂纵横、水位下降，直接影响附近数万人的居住安全。2004年，在国土资源部、宁夏回族自治区、宁夏煤业集团的大力支持下，矿区居民全部安置到了滨河新区静安小区。

石楼告诉我领取新房钥匙的那天，还出现了一个小插曲。石楼在填表时，工作人员问他姓名，他说："石楼。"工作人员说："同志，没问你楼层，问你姓名。"石楼拿出身份证时，工作人员笑了，并邀请他作为代表，为领取新房钥匙拍照留念。石楼和石叔叔打开新家房门的一瞬间，他们的眼睛湿润了，石叔叔没有想到退休后还能住上这么漂亮舒适的房子。如今一进石叔叔家，首先映入眼帘的就是一个气派的水族箱，里面养着各式各样的热带鱼，石叔叔当了鱼司令。石阿姨则在干净宽敞的厨房里忙活着，不仅饺子花样越包越多，各种炒菜也是色香味俱全。爱好书法的石楼拥有了自己的书房，工作之余舞文弄墨、书香四溢。石叔叔总是告诫我和石楼要好好工作、感恩国家、回报社会。特别值得一提的是，石楼的孩子就出生在静安小区，取名叫石静。

石嘴山矿区，曾经是我们居住过的家，现在也建成了地质公园，一片郁郁葱葱、鸟语花香。宽阔的广场上，老人们安逸地锻炼着身体，孩子们的小脸上洋溢着灿烂的笑容。这座城市已经成为我们奋斗的记忆。当我们的身体以各种理由离开这里时，我们的感情却无法回避记忆的软肋。这里有父母青春的回望，有我们童年的记忆，这里是我们走向远方的起点，更是我们永远的根。

（原载"宁夏煤业之声"公众号2019年8月30日　邓佳良）

光荣的印记

1996年毕业分配的时候，内心很矛盾。在服从分配和自找工作的双向选择下挣扎了许久，主要是因为那时的分配政策是毕业生要回到父母所在地，而我却不愿意回来。

看到同学们都相继回到了家乡，成为国家公务员，而我作为煤矿员工子弟，只能回到当时的宁夏煤炭厅等待分配。我是多么不情愿自己身上烙着矿山的印记呀，对于一辈子扎根矿山的父母言语之间也就有了一些怨气。可是他们却告诉我，我是矿工的女儿，理应回到矿山，把我们的矿山建设得更加美丽，让大家都愿意来。万般无奈之下我只能服从分配，跟父辈们一样扎根矿山了。

说起父亲，他是20世纪60年代末独自来到石炭井的，先在原石炭井四矿下井，四矿下马后又被分配到了三矿，后来三矿也关闭停产了。我曾开玩笑地说:“爸，您熬倒了两个矿井。”父亲笑了，那笑是酸涩中透着深深的不舍。父亲下了三十多年的井，井下繁重的体力劳动以及饥一顿饱一顿的生活使他过早地染上了一身的病，但父亲却毫无怨言，对矿山有着特殊的感情。我想这是因为他把自己的青春岁月献给了这片热土，他不由自主地依靠矿山，以矿为家了。现已退休在家的父亲看得最多的是宁煤新闻，说得最多的也是矿山的话题。从最初的石炭井矿务局到宁煤集团，到神华宁煤集团，再到今天的国家能源集团宁夏煤业公司，我和父辈们相继经历了企业的发展变化，为了建设宁煤，也为了让我们的家园更加美好，能让每一个宁煤人都能成为真正幸福的员工。

父亲总在两个弟弟面前念叨：“别看矿山环境不好，可矿山能养活人，只要你肯干，矿山就能养活你一家人！”是啊，以前我们一家的生活不都是靠父亲一个人的勤劳与朴实支撑起来的吗？在父亲的感召下，外出打工的两个弟弟也最终回到了矿山，做了矿工，我们家成了标准的“矿工之家”。

与父亲时代不同的是，现在的矿井都是机械化采煤，井下环境跟父亲那个年代相比有了很大变化。有时候看着两个弟弟讨论工作中遇到的一些问题时，父亲忍不住就会插话，说他的经验之谈，结果遭到弟弟们的反驳。父亲就会说：“我当了一辈子矿工，还不如你们？虽然现在是机械化采煤，比我们那时先进，你们受的累也没有我们多，但是万变不离其宗，活都是那么干的，首先要确保安全……”听着这老生常谈的话题，我不禁感慨万千，父亲的矿山情怀始终不变。他们那一代人思想比较单纯，矿山是他们一辈子的事业，是真正的以矿为家。

还记得，当初我们举家搬迁到石炭井时那种难以抑制的激动心情，虽然当时的条件比较艰苦，但我们都带着满心的憧憬来到了这里，用我们的脚步丈量着这“风吹石头跑”的地方，如今又用我们的情怀填充着这开满山杏花的矿区。看着矿区执着地进行一草一木的绿化，逐渐规划起来的员工宿舍、食堂、文体活动中心，也许带着点不情愿，但我们也开始以矿为家了，矿山印记发挥了它特有的作用。是的，这几十年的岁月，同样也在我们身上烙上了印记。正是有了这光荣的印记，使得宁煤的事业越做越大、越做越强。

2016 年，我因乌兰矿停产关闭而提前内退，但宁煤公司的发展仍然深深地吸引着我。我时刻关注着宁煤的一切动向，因她的辉煌而欢喜，也因她的转型而忐忑。

我牵挂工作了 20 年的矿山，我感恩企业带给我如今的美好生活，我也再不羡慕那些当公务员的同学了。在一代代宁煤人的不懈努力下，如今的宁煤，已经抹去了当初我认为污黑的印记，以她独特的魅力感召着一批又一批的建设者们为之拼搏奋斗。同学聚会时我总自豪地说:“我们宁煤人……”仿佛她正在我身后闪闪发亮、熠熠生辉。

今年的山杏花又红了，在新宁煤成立20周年之际，每一个印有矿山印记的宁煤子弟都发扬着“苦干实干拼命干争气干创新干”的精神，为宁煤的发展，为宁煤美好的未来作出应有的贡献。在此写了这篇文章献给所有拥有这份光荣印记的宁煤人，在这光荣印记的感召下，你们无怨无悔、甘于奉献，你们的精神映红了一年又一年的山杏花，没有你们，就没有今天的宁煤，更没有宁煤的明天!

（原载《神华能源报·宁煤版》2022年6月20日　李　娟）

一台彩色电视机

在我家阳台的角落里，堆放着一台 16 英寸的日立牌老式彩色电视机，这台彩电记录着我家的变迁。

20 世纪 80 年代初期，我出生在贺兰山深处的汝箕沟矿区。父亲是一名矿工，他朴实、坚强，建设矿山、依恋矿山、热爱矿山。矿工的爱永远在矿山，像一杯甘醇的酒，让人陶醉。

那个年代是一个经济落后、物质条件极其匮乏的年代，买东西都需要有票，买粮需要粮票，买布需要布票，而且这些购物票也不是普通百姓随便就能够得到的。当时，我姑父是县城里的干部。有一年，县城给领导发放了两张购买电视机的票，在那个年代，对于老百姓来说，电视机可是个稀罕贵重的物品。

姑妈家有四个孩子，靠姑父一人的工资养活全家。因为生活拮据，姑父决定放弃这个机会。父亲知道了，咬着牙对姑妈说："你们不要，就给我吧。"父亲拿出全部的积蓄，花了 1300 元买了一台彩色电视机。那时候，别说是彩色电视机了，有黑白电视的人家都很少。

煤矿有了第一台彩色电视机，一到晚上，街坊邻居们都争抢着到我家看电视，在父母的脸上，总能流露出骄傲自豪的笑容。

时代在飞速发展，矿山人的生活也发生着翻天覆地的变化，我家从山坡上自建的土坯房搬到了楼房，后来又搬迁到城市，住进了企业分配的电梯楼房，取暖做饭也由煤炭炉灶变成了干净卫生的地暖天然气，电视机也随着更新换代，由平板电视到背投电视，后来又换成等离子液晶电视。可对这台小彩电，父母始终都不舍得丢弃，把它摆放在阳台一个不起眼的角落里，母亲还时不时地会为它擦拭一下上面的灰尘。

现在，每当我看到这台老旧小电视的时候，不禁会生出许多感慨，因为我知道：这台不起眼的小电视，它不仅记录着一个普通矿工家庭的欢声笑语，也记录着一个时代的变迁，在中国共产党的正确领导下，当代矿工的日子越过越红火，幸福指数越来越高！

（原载《神华能源报·宁煤版》2022 年 6 月 1 日　姜治军）

一双胶鞋

刚把工作服换好，正准备下井，一不小心，胶鞋上开了道一寸来长的口子，真倒霉。

补上胶鞋再下井，怕赶不上罐笼，耽误交接班，再说一时半会儿还找不到粘鞋的工具和胶水；不补吧，又怕到井下胶鞋口进水，不但穿着不舒服，还影响工作。正在左右为难时，见小张箱子里有双多余的胶鞋，就借来先穿一下。

下班后将借来的那双胶鞋还给小张，只见小张将胶鞋刷得干干净净，稍微晾干后又要锁进箱子里。这时我才仔细地打量起这双胶鞋，发现虽然补了又补，但补得精细，而且结实。

我问小张："你什么时候补的？"

"不是我补的，这鞋是我爸爸的。我平时舍不得穿它，只有想爸爸时才穿。要不是看在咱俩是老乡的面上，我才不借给你呢！"

"你对你爸爸的感情那么深啊，真是个孝子。"

"每次一想起这双胶鞋，我就仿佛听到爸爸在告诫我一定要注意安全。爸爸去世十多年了，胶鞋是他工亡那年留下的，穿上它，我就会想起爸爸。如果他在，我该多幸福啊！"

他边说边抹眼泪，我的眼睛也湿润起来……

（原载《宁夏煤炭报》2006年4月14日　费国余）

守护一屋晨光

我家老屋是20世纪80年代的矿区自建房，坐落在贺兰山腹地一个叫石炭井的矿区东面山脚下，从门楼进去两边各两间大房，接着就是一个四方大院子，院子两边各有三间房，房子有个很大的客厅，客厅中堂挂着毛主席和周总理的画像，很有老北京四合院的味道。

这是矿区最后的自建瓦房了，虽然墙壁的白灰已变得陈旧，但房子总体上还很整齐结实，没有一点墙皮脱落的迹象。屋顶上的一排排青瓦长满了青苔，有点像南方河里的竹筏，一排排摇向远方，但又走不出故乡。竹筏在水上划开的波纹像梦荡开的思绪，起伏有序。

我在离家一百多公里的城里工作，住在矿区的堂妹打电话说母亲爱打扫老屋，有时一天要收拾好几次。我担心母亲，便请了年休假回家看望。

在回家的路上，母亲居家的画面在脑海中一一闪过。记忆中母亲爱干净，把家整理得干干净净。为了把地扫干净，她还到山上拔芨芨草制作大扫把，那时生活虽然清贫，可每天看到母亲把家里打扫得干干净净，心里也就感到了温暖。

长大后每次回家，母亲都要叫我一起打扫屋子，还要把桌子、柜子、椅子及玻璃窗擦得一尘不染。而每次离家，母亲总倚门而望，我也总是一步三回头地离开。

堂妹说："你不在家的日子，婶子一人守在家里，每天与鸡鸭相伴，还精心照料家里的那片小菜园子。除此之外，就是拿着扫把，把老屋一遍一遍打扫，累了就搬把凳子坐在门口，盯着树上的小鸟出神……"

我不忍心让母亲一人在老家，但多次劝她跟我到城里居住时，母亲总会说："我去城里住不习惯，还是留下来看家吧，再说跟你走了老屋没人打扫，会落满灰尘，家就不像个家了……"没人能劝得了母亲。

这次到家已是下午，母亲正在屋顶上盖瓦片。我一看吓坏了，急忙让她下来，母亲却不停手："马上就好、马上就好……"直到盖好了瓦片才踩着梯子慢慢下来。

我因为过度担心嗓门有点大："摔着咋办？您都60多岁的人了，以后可别上房干活，咋不等我回来呢？"

母亲却不以为然："雨不等人，这点小事情我能做就做了，你放心，不会有事的……"

听了母亲的话，我佩服老人家的勤劳，但对她更多了几分心疼与担忧。母亲看着房顶，显然对自己的劳作很满意，乐呵呵地说："修好了就行……"

我顺着母亲的目光，把这老屋又仔细打量了一番：宽敞的院子里有花有草，特别是院子的东墙角落处搭了一个丝瓜架棚，看着长势喜人的丝瓜，我想起了中学读书时在老屋度过的美好时光。每当风和日丽的时候，我就在丝瓜棚下的那一方清凉地读书消磨午后时光。白天经常有小鸟停在丝瓜棚上唱歌，夜晚又会飞来很多萤火虫，下雨的时候坐在床前，听雨落在瓦片上的滴答声，又是一种别样的美妙。这些年来，这个充满美好回忆的老屋，被母亲照看得很好。

母亲住在老家，就是她的情感寄托。2010年后，随着矿区棚户区搬迁，很多家属都搬进城里居住，但母亲就是不想离开老屋，迟迟不肯搬家。

再后来我找了个理由把母亲接到山下城里先住下，答应她随时可以返回山上老屋居住，母亲才勉强离开老屋几天。可就在那几天时间，包括我家的老屋在内，整个矿区的棚户区房子都被推平。母亲听说后，忙回老屋去看。当面对满地残垣断壁时，她默默地流下了眼泪，嘴里喃喃道："也是没有办法的事啊。”

后来母亲还因此生了一场病，有一次我还听到母亲说梦话时提到老屋、丝瓜棚……

我的眼睛湿润了，我终于明白了母亲为什么一直思念老屋，其实她是在为儿女留着一个永恒的念想。

（原载《神华能源报》2018 年 8 月 17 日　杨树森）

一代矿工的记忆

前些天闲来无事和同事一起爬山，天刚摸黑，矿区的路灯都已亮起，小小的矿区竟有一丝市区的繁华，同事调侃说:“前不久有人说石沟驿煤业分公司的夜景有小香港之称。”抬头远望，在这个荒芜的沙漠里竟也找到了这种感觉。

周末回家跟奶奶谈起这件事，奶奶激动地拉起我的手，非要我载她回矿区看看。奶奶是石沟驿煤业分公司的一名老员工，从 1961 年大专毕业被分配到石沟驿，一直到 1991 年退休，整整 30 年，她用半辈子的时光见证了矿区的发展。

架不住奶奶的哀求，也想让她在有生之年再看看这个她生活了大半辈子的第二故乡，周末带上奶奶重游矿区，在车上奶奶激动地说:“我和你爷爷初到矿区的时候，这里还是一片荒芜，日常生活用品都要去吴忠市区采购，没有商店也没有菜店，连打个酱油都要去吴忠。”说到这奶奶忍不住笑了，然后接着说:“在矿上的时候，喝的都是从井里打上来的苦咸水，特别难喝，用苦咸水炖肉，肉都变成苦的了。北京的亲戚来探望我们，刚来的时候白白胖胖的，在矿区住了一个月，走的时候就像住了一个月医院似的，变得瘦黄瘦黄的。你爷爷最大的爱好就是养花，但是这里的水不好，花也养不好。从北京带来的水仙花，春节前 21 天泡上，春节时候开花，开完就蔫成个蒜头了。还有一大株从北京带来的栀子花，那花长得特别好，花又香，带来时刚到银川被一个大酒店的老板看上要花几百元钱买，都没卖给他。在火车站的时候好多人都来围观，问这是什么花，又香又漂亮。可是到矿上没多久就因为水不好养死了，你爷爷难受了好久呢。”我问奶奶：“那你们就一直吃苦咸水吗？”奶奶皱着眉头回忆说：“苦咸水吃了十几年，到 20 世纪七十年代矿上才从马家滩拉水，而且拉来的水只供饮用和做饭，其它还是用苦咸水。到后来接通大泉的自来水管道，饮水问题才算解决，我们才喝上大泉的矿泉水了。直到有了好水，花才养得好了，那时矿上只有你爷爷一个人养花，茉莉养得特别好，矿上很多人都没见过，特意跑来家里看呢。”奶奶边说边笑着。

我听了后，好奇地问：“你们连喝个好水都这么难，那住在矿上有水果吃吗？”奶奶笑着说：“那时候水果可宝贝了，一个蔫巴的苹果都是你让给我，我让给你，舍不得吃，住在矿上也没有地方买，都是老乡出去卖煤，才能顺车带回来一点。而且也没有现在那么多品种，就只是苹果、梨。那时候的人生活苦，但也能吃苦，矿上的生活环境特别差，周围都是沙子山，山上连点绿草都不长，经常刮风，风沙特别大。刮起沙尘暴时，根本睁不开眼睛。”奶奶边说边目不暇接地看着道路两边绿油油的山坡和野花，我看到奶奶两眼发光，激动得像个孩子，从我记事起，从来没见奶奶如此激动过。

奶奶看着眼前嗖嗖穿过的小汽车，无限感慨地说：“在矿区最不方便的就是交通了，去吴忠比去北京都难。因为没有班车，所以每次去吴忠都是要搭拉煤的货车，师傅长师傅短地叫人家，还不一定能带你。除非司秤员和人家说，才让你乘车去吴忠，去了后又没车回来。有次要送亲戚去银川坐火车回北京，整整用了 3 天时间。第一天早上就开始找去吴忠的车，一直到下午才找到，等到了吴忠，吴忠到银川的车已经出发了，而且就那么一趟，没办法，只能提前买好吴忠到银川的车票。第二天，匆匆忙忙从吴忠赶到银川，却也赶不上那仅有的一趟火车，只能又提前买好第二天的火车票在旅馆住一晚，第三天才顺利地坐上了回北京的火车。”奶奶摇摇头继续说：“亲戚去北京的火车都走出宁夏了，我坐的回吴忠的车还没有出银川。那时候交通真是不方便，不像现在，公路四通八达，说走就走。”

奶奶的话勾起了我更多的好奇，我无法想象他们那时的生活，只好问道："还有什么不方便呢？""那时候可不像你们现在，一人一部手机，都是单位的座机。远的地方联系一般都用电报。那年你三爷爷病危，在北京住院，打电话通知我们去见最后一面，电话从北京转到灵武，然后又从灵武转到石沟驿煤业分公司，最后转到我手里。刚知道这个消息，正商量家里谁去北京呢，北京那边去世的电报已经发过来了。唉，连最后一面都没有见上。"奶奶眼含泪花说道。

快到新矿区了，我说："奶奶您看，那就是我们的新矿区。"奶奶眯起眼睛说："哎呦，跟个小城市一样，都是小楼房。我和你爷爷刚到矿上的时候，给我们分了个新平房，冬天冷，就架烧煤的炉子。有一次我们都被煤烟打了，那时候傻，不知道是怎么回事，只觉得头昏昏沉沉的，恶心想吐。幸亏你爷爷起来把门打开了，要不然就被毒死在里面了。"我说："奶奶，我们现在的宿舍可好了，每间房子都有电视，还有独立的卫生间，冬天烧的暖气，又暖和又安全。"

到矿区了，奶奶看着漂亮的办公楼、高大的厂房、整齐的宿舍楼、宽敞的道路、道路两旁的花花草草、各种各样的体育健身器材，忍不住感叹说："现在的矿区都变得不认识了，简直就是藏在沙漠里的宝石。"

等奶奶参观完矿区，我载着她离开时，看到她布满皱纹的脸上写满了幸福和甜蜜。

（原载宁煤网站 2013 年 6 月 13 日　穆笑竹）

老哥仨

老李、老秦、老张，1958 年一起来到宁夏支援建设，一晃六十多年过去了，六十多年的岁月与共，他们已经风霜染白发，成了亲如手足的兄弟老哥仨。他们说：“60 年了，我们的根已经扎在了宁夏，宁夏是我们的第二个故乡。”

1958 年，他们哥仨都是风华正茂、血气方刚的小伙子，响应国家号召支援建设宁夏，从河北安国县来到宁夏石嘴山矿务局。他们离开了父母家人，结伴来到远在千里之外的大西北，刚到时石嘴山荒无人烟，他们作为第一批建设者，满怀豪情地投入到矿山建设当中，决心要把这荒漠戈壁滩建设成煤炭工业基地、塞上江南！到 1958 年底，来自五湖四海的建设者上万，汇聚石嘴山煤矿。

他们都有各自的工作，平时在各自的岗位上忙碌，每当想念远方的爹娘，就写封信问候家人，或者聚在一起小酌几杯，共同怀念家乡。小秦喜欢喝酒，一盘花生米，两杯银川白，哥仨聊着各自的工作，想着等把宁夏建设好了，再一起回老家陪伴爹娘。当年石嘴山建设初期，大家都很忙，两年才有一次回家探亲的机会，不管谁回家就去看望对方父母，像亲儿子一样，并拿出工资的一部分买些吃的穿的送过去，进门就喊：“干娘，儿子看你来了。”

1965 年，他们都在石嘴山娶妻成了家，有了孩子，后来单位分了平房和院子，日子越过越好了。他们哥仨每次见面炒上几盘菜，喝几杯二锅头，身边孩子们打打闹闹、其乐融融。

轰轰烈烈的建设，让石嘴山市的工业总产值一度占据宁夏全区份额的40%，经过近40年的发展，昔日的戈壁荒滩变成了“塞上煤城”。

随着矿区建设红红火火，他们也处于事业的发展期。老李当了技术能手，老秦当了劳资科科长，老张开的吉普车很牛，他们都是受人尊敬的老同志了。他们的子女多数都是子承父业，把青春也献给了煤炭事业。

1996年前后，他们都退休了，本来约好退休后解甲归田回河北老家，但他们就像戈壁滩上的白杨树，已经扎根在大西北的这片土地上，坚定守候，热土难离……

他们见证了宁夏由西北荒漠变成工业基地、鱼米之乡、塞上江南。

他们风风雨雨走过了六十多年，把一腔热血和汗水投入到宁夏的建设当中，现在他们已经八十多岁了，他们会相约去宁东现代化矿山转一转，也会像当年一样在一起喝几杯，宁夏发展的成果里，有他们一代支宁人的青春奉献，也有他们的汗水智慧……

“我们老哥仨离家千里，建设宁夏，我们无怨无悔！为了宁夏发展得更好，兄弟干杯！”

“为宁夏更好，干杯！”

（原载《神华能源报》2021年1月15日　刘玲霞）

饭　盒

“老张头、老张头……”伴随着轰轰的溜子滑动的声音，从机尾传来了一阵闷喊。“什么事儿？这么叫唤。”机头那边影影绰绰地传来回音。“喊你半天了，看你那破耳朵，聋了是怎么的？”“你瞎叫唤什么，你没听这轰隆隆的溜子声吗？”老张头忿忿地说。其实，老张头也不老，就是腮帮子两侧有些胡茬子，工友们就都叫他老张头。“我问你今天带的是什么菜？”“还能带什么菜，和昨天的一样，大肉炖粉条，你呢？”“红烧肉。”大老李声调高高地说。

“现在几点了？”老张头看了看表喊道：“就要12点了。咋了，肚子挺不住了？”大老李没说什么。也许他真的有些饿了。又过了一会儿，大家都不约而同地说：“饭来了。”这时，我才顺着长长的巷道，闻到了被风儿带进来的一阵阵浓浓的饭香。“开饭了，开饭了。”来人挑着一副肩挑，一头是装满饭盒的尼龙袋子，另一头是装满水的大塑料桶。一边喊着，一边从巷道另一端来到了掌子面。

大伙儿放下手里的活，急忙凑过来，找到了自己的饭盒，然后吃起来。老张头紧挨着我坐下，然后瓮声瓮气地碰了碰我说：“小柳枝，带的什么菜？”因为我刚来的时候长得比较瘦弱，工友们就给我起了这么一个绰号。当时，我听了特不得劲儿，心里不高兴，可是后来大家一直这样叫我，我也不好急眼，也就习惯了这样的称呼。“没什么菜，家常菜呗！”我支支吾吾地说。“什么家常菜？”大老李一把抢过我的饭盒，掀开就看。“肉皮炖菜。”“啊，我看看，我看看。”老张头也凑了过来。到跟前不由分说，就把我的饭盒往他饭盒的盒盖里一扣，我的菜就哗的一下“跑”到他那边去了，我刚要说“哎”，大老李就把他的红烧肉倒进了我的饭盒，老张头也把他的大肉炖粉条分给我一大半。“这小柳枝，带这么好的菜还藏着掖着。哪像我家那媳妇，整天带肉带肉的。”大老李也说：“可不是咋的，早上我还和我家那口子说，整天整这玩意儿，换换胃口，可媳妇却说，干那么重的活，不吃点儿好的，哪来的劲？”我没说什么，就着暗暗的灯光默不作声地吃着。

我的家在农村，家境不太富裕，下面还有个弟弟在上大学。父亲去世得早，母亲没工作，在家里替别人帮着做做农活，卖些蔬菜什么的。还记得上班的头一个月，我拿到了工资，回家交给了母亲。当时母亲的脸上就像春天开放的鲜花一样绽满了灿烂的笑容。她一边笨拙地数着钱，一边咧着嘴笑着说：“真多真多。现在当工人真好，一上班就开这么多，你那去世的爹看到他儿子这么出息，一定很高兴。”说着说着，母亲竟然簌簌地掉下了几颗泪珠。“好儿子，咱家生活要节俭些，你还有个上学的弟弟，妈还得给你说房媳妇，都得用钱。过日子咱不能大手大脚的，现在企业效益这么好，用不了几年，咱家的愿望就都会实现的。”母亲在一旁唠唠叨叨地说着，一边把钱锁进了炕头上的大红箱子里。

第二天上班前，母亲给我装饭盒。每天她都是这样为我、为这个家忙碌着。“妈，今天你给我装点好的吧。”“怎么了，孩子，有谁说什么吗？”“没，没有。”我声音不大地说。“孩子，等你弟弟大学毕业了，媳妇也说上了，你想吃啥，妈就给你做啥。”

我拎起装好的饭盒，骑上车去上班了。又到了开饭的时间，老张头和大老李又来看我的饭盒，我躲在了一边。老张头和大老李又如昨天一样如法炮制地抢到了我的饭盒，把我的菜倒进了他们饭盒里，还给我的又是很多的肉菜。我有些不好意思，脸热热的。大老李说了：“小柳枝，吃，吃，别不好意思。以后你就多带些这样的菜，咱们换换口味，你多吃点肉，补补你那小身板，好把媳妇说上。现在咱们矿上的效益好了，钱开得也多了。大河有水，那小河也满了。这肉呀天天吃，都吃腻了。”“可不是咋的，你看昨天小柳枝带的肉皮炖咸菜，真叫个好吃。赶明儿回家也叫媳妇给咱做做，咱也该换换胃口了。”老张头咂咂嘴说。“就是，就是，现在生活真得好了。要搁头些年，老张头，你还记得吗？咱们开的那点工资，那真叫个可怜。别说吃肉，就是吃白菜帮子，你也不敢咧开腮帮子使劲吃。一到开饭的时间，大家都竖起鼻子顺着风闻，一闻那味，就知道谁带好菜来了。掀开饭盒一看，就那么几块小不丁点的肉，大伙你一筷子我一筷子就给分了。吓得以后谁也不敢再带好菜来了。呵呵，自己吃不着呀。哈哈……”巷道里传来一阵爽朗的笑声。

（原载《神华能源报》2010 年 11 月 25 日　马晓东）

03

守望家园

Shouwang Jiayuan

百年老矿的前世今生

打开地图，将光标在宁夏石嘴山市西北方向的贺兰山脉间移动，叠加褶皱的山脉间，有一片地表黝黑的区域，将光标锁定在这里，放大、放大、再放大，有一个标注“西沟”的地方。这里出产一种论公斤卖的罗加煤，周边方圆 28.58 平方千米的区域内，蕴藏着世界上稀有的煤种——太西无烟煤。这个神奇的地方，不仅有煤，有岩画，还有传说、故事和精神。这里，就是有着百年煤炭开采历史的汝箕沟无烟煤分公司。

泰晤士河畔白雪飞飘
壁炉里点燃一束束淡蓝的火苗
那是中国的太西煤
送给世界的一个漂亮的微笑

20 世纪 80 年代，宁夏诗人刘国尧曾这样赞美太西煤。宝贵的太西煤历经数百年风雨，玉汝于成。如今，太西煤依旧以其优良的品质享誉海内外，为企业创造着巨大的效益，是宁煤公司的一块“金字招牌”。作为稀缺煤种的太西无烟煤，宁夏回族自治区对其已采取保护性开采措施。

这里的煤质不一样

20世纪70年代汝箕沟煤矿运输车队

汝箕沟无烟煤分公司位于贺兰山东麓，距离石嘴山市约40公里的贺兰山深处。作为一座拥有上百年开采历史的老矿，具有其独特的人文地理。这里出产的太西无烟煤，具有三低（低灰、低硫、低磷）、六高（高发热量、高比电阻、高块煤率、高化学活性、高精煤回收率和高机械强度）的特点，其灰分仅8.54%，含硫仅0.3%，含磷不到1%，而发热量则高达7900大卡。品质乌黑晶亮，触之不染，燃之无烟，既是理想的化工原料，又是国外古式高级住宅壁炉的上等燃料。煤质超过北京、阳泉、焦作、晋城等地的无烟煤，居全国之首，可与世界著名的越南鸿基煤媲美，远销亚欧美10多个国家。

20世纪汝箕沟煤矿职工图书馆

“太西煤”名称的由来

20世纪80年代，太西煤在国际市场上享有盛誉，远销西欧、东南亚。很多客商想知道这种“煤中之王”的产地，而当时的国家煤炭部把其产地列为保密范畴。每次外商提到这个问题，负责销售和接待的人员都说这种煤出自“太原以西”，“太西煤”因此得名。

从“獐子报恩”神话说起

很久很久以前，有个在贺兰山深处躲避战祸、以砍柴为生的樵夫。一天，他砍柴下山的时候碰到了一只被猎人追赶的受了伤的獐子。樵夫救了獐子，使它躲过了猎人的追杀。

几天后，獐子怀着感激之情带着樵夫来到一个山坡下，用前蹄刨出一个小洞，露出亮晶晶的煤块。樵夫掏了半背斗煤块带回家，经过试烧，发现无烟、无味、耐烧，比柴禾强多了。后来，樵夫把这件事告诉了其他人，人们问他:“洞有多大？”他说:“洞大小可入箕口。”渐渐地，人们都从那个洞口挖煤来烧，把出煤的地方叫“入箕口”，后来演变为“汝箕沟”。

“獐子报恩”只是一个美丽的传说。回到现实考证，汝箕沟煤矿开采已有190多年的历史。据《嘉靖宁夏新志》记载，汝箕沟这个地名在明嘉靖十八年已亥（1539年）就已经出现了。清道光九年（1829年）成书的《平罗纪略》记载：干炭（无烟煤）出西山（贺兰山）汝箕沟。也就是说，汝箕沟有文字记载的开采历史至今已有190多年，是我国开采历史最为悠久的煤矿之一。

历史上的汝箕沟，经历过哪些风雨呢？

曾饱受匪患的汝箕沟煤矿

汝箕沟煤矿在新中国成立前归资本家所有，生产方式较为落后，安全没有任何保障。1949年，18岁的杜方正作为解放军代表接管汝箕沟煤矿。

当时，各煤窑的生产都有“把头”操作，由“把头”向各煤窑主承包开采某个巷道，再由“把头”招募扒岸工（截煤工）、打炭工（采煤工）、背手（搬运工），最终组成一个班子。每个班子最多不超过10人，按照出煤多少获得报酬。经过一番细致调研后，杜方正保留了当时的“把头”制，并组织矿上恢复了生产。

20 世纪汝箕沟煤矿井下采煤工作面

然而，当时的汝箕沟煤矿除了安全生产难以保证外，还面临着匪患的袭击。

郭栓子，原系西北军阀马鸿逵手下的“贺兰山剿匪司令”，1950年土改运动时率众公开叛乱。盘踞在贺兰山的郭栓子还经常带领手下到矿上抢劫。

后来，解放军历经一年多时间才消灭匪患。1952 年，杜方正从北京煤炭工业学院进修后回到汝箕沟煤矿。根据所学通风系统理论，对矿井通风系统进行改造，由此展开了汝箕沟煤矿第一次系统改造。他带领工人们夜以继日地展开工作，很快在大巷的旧工作面又打了一个竖立风井，进行分区通风，从而使瓦斯浓度得到有效降低。此时，为了提高工人工作的积极性，结合矿上的实际情况，杜方正果断取消了“把头”制，成立了“公班子”，矿工自此真正成了煤矿的主人。

这里有一种精神叫“半车精神”

王学珍是汝箕沟煤矿退休老职工，身材魁伟，1952 年到西沟井下背煤，身背上百斤煤，一口气爬上一里多远的坡，两回就能背一矿车，人送外号“王半车”。

王学珍干活卖力，一个班下来能从井下背两吨煤。矿车掉道时，他能一人把矿车提到轨道上，需要 4 个人抬的溜子自己一个人扛。20 世纪八十年代，有一次发生顶板事故，一名职工被压在顶板下无法抢救，王学珍爬了进去，把这名职工绑在自己身上爬了出来，硬是救了一条命。1982 年 7 月，王学珍腿伤在家休息，刚好赶上百年不遇的山洪淹了井口，王学珍拄着拐杖，加入了抢险队伍，和大伙一起清除井口的煤泥。一个月过去了，抗洪抢险结束，他的腿伤也好了，大家都说他是个硬汉子。

汝箕沟煤矿上三采区建成后，采区产量上不去。王学珍担任区长后，一头扎在井下，带领大家干，产量从当时的6000吨干到21000吨，期间月月翻番，创造了一个个奇迹。他在井下干了一辈子直到退休，后来，汝箕沟人把“王半车”三个字演变成了“半车精神”。

（原载“宁夏煤业之声”公众号2018年5月14日　田磊整理）

石沟驿：当年将相今何在

驿，旧时供传递公文的人中途休息、换马的地方。

中国很多地名中有“驿”字，如龙泉驿（明代改称“龙泉”，于此设驿站，始称“龙泉驿”，现在，龙泉驿区是成都市 11 个市辖区之一）。而随着历史变迁，某些驿站的功能不再存在，名字也随之发生了变化，如防城驿（明初置，即今广西防城港市）。

荒凉的草滩上，空留古城的残垣断壁和四处散落的瓷片

石沟驿，这个名字却从唐代延续到了现在。

石沟驿，建于石沟城。石沟驿古城位于今宁夏灵武市白土岗乡境内，南距灵武约50余公里。史料记载，石沟驿古城是宁夏由河东自南通往陕甘乃至京畿的要冲，明代形成较大的驿站、递运所，因有石沟城，故又称石沟驿。

灵武市文物管理所所长刘宏安称石沟驿是宁夏境内最大的古驿站。据《嘉靖宁夏新志》记载：石沟驿“旧城周回三百步。弘治十三年（1500年）都御史王珣拓其城至二里。南门一。”“原额甲军一百一十三名，百户一员领之。”经实地调查，古城原为长方形，东西长460米，南北宽300余米，墙体基宽7米，顶宽3米，残高8米。城内距北墙50米处有一段与北墙平行的内墙，且略高于外墙，古城遗迹清晰可辨，只是如今的古城内，野草丛生，残砖碎瓦散落在荒草中。

唐肃宗灵州登基后，便将灵州（灵武）升为大都督府，灵武成为唐王朝平定叛乱、安定天下的大本营，也成为平叛时期全国的政治、军事中心。唐朝将领郭子仪在石沟城设立驿站。当时的石沟驿，是连接灵武和关中十分重要的通道，是保证当时唐与各地政治、军事联系和江淮贡赋送往灵州的重要驿道。这里至今还被老百姓称之为郭子仪屯兵城。

将领士兵们在这里驻扎，而煮饭、取暖所需的燃料，成为困扰驻军的一大难题。一天，士兵来报：在沟中立灶煮饭时，无意中烧着了一种“黑石”。实际上，这种“黑石”就是石沟驿煤矿生产的热量高、含硫低、灰分少的煤，长期的风蚀、雨雪和地表泾流的冲刷，使之裸露于地表。它的发现，不仅解决了郭子仪大军取暖做饭的燃料问题，而且又扩展之使用它来冶炼打造兵器，这就将灵武地区煤炭开采使用的历史推衍到了唐代。

除了郭子仪，明太祖朱元璋的第十六子朱㮵，也曾来到过石沟驿并留下了诗句。

朱㮵被册封为庆王，封地宁夏。朱㮵曾在宁夏生活长达45年，朱㮵所撰《宁夏志》是宁夏历史上第一部地方志，开宁夏修志之先河。其间，他曾多次途经并住宿石沟驿。在某个夜晚，朱㮵又一次夜宿石沟驿，赋诗留下了这首《石沟驿》。皇帝的使者乘坐着“星轺”，日夜不停地经石沟驿自西向东或自东向西奔驰，或许我们可以遥想，当年石沟驿车马驰骋的景象以及不同面孔的使者在此停歇休息。

石沟驿

朱栴

山围城郭野烟中，亭馆萧然对晚风。
山下红尘是非路，星轺日夜自西东。

龙背子是座矮山，远看似躺着的龙的背部，石沟驿煤矿和石沟驿城在其两侧。

在石沟驿古城东北 3 公里处，就是石沟驿煤矿。它地处宁东煤田南部，位于灵武市白土岗子乡境内，距离银川 98 公里，211 国道从矿区经过，吴（忠）马（家滩）公路与盐（池）兴（仁）公路交汇，接连 307 国道，与石（石嘴山）中（宁）高速公路和 109 国道横向对接，构成了连接区内外四通八达的交通网络。石沟驿所产煤发热量高、耐烧、无烟、低硫，被誉为“香砟子”。据史

石沟驿老矿电影院

石沟驿老矿井口

料记载，石沟驿这个地方，自唐代就开始小规模的原始开采，清代进入鼎盛时期，井田内小煤窑星罗棋布，先后发现井口达500多处。

在石沟驿煤矿，工作生活着许许多多石沟驿煤二代、煤三代，甚至煤四代。作为煤矿子弟，他们延续着父辈们自强不息、不屈不挠、顽强拼搏的精神。

周建宁是土生土长的石沟驿人。周建宁的父亲1958年从河北正定支宁，在宁煤地质队工作，1962年又调至石沟驿煤矿直至退休。如今，从石沟驿煤矿煤炭管理科内退的周建宁在吴忠生活，空闲时间经常骑自行车到处游玩。周建宁是煤二代，对煤矿、对石沟驿的感情永生难忘，常常骑车回到这片荒芜的地方，用他自己的话说：

“石沟驿这片净土，是生我养我的地方，从呱呱坠地到如今五十载春秋，小时候的记忆中，满目黄沙、黑黑的煤渣、干燥的气候、刺骨的寒流……完全可以用荒山野岭、荒郊野外、荒无人烟来描述。那时候，唯有沙枣子树，耐旱、好活、皮实，花开时节，到处弥漫着悠悠清香，整个夏季，它是唯一能给我们庇护遮荫的林木。”

石沟驿新矿全景

石沟驿的山，是矿工子弟们的乐园。在周建宁的记忆中，石沟驿的山上有尕辣子、蒿瓜子、蜜桩桩、面筋筋、红果子、沙葱、木耳、地弯子、甘草、柴胡、肉苁蓉、沙枣子……天真无邪的孩子们不玩到天黑肚子饿，是想不起来回家的。即使环境并不优美，也难以割舍像周建宁一样生在这里、长在这里、工作在这里的人们对这片土地的留恋与热爱。在这片黑土地上，周建宁们见证了石沟驿漫漫前行的改革步履。

石沟驿因驿站而得名，又因煤炭而繁盛。石沟驿煤业分公司员工最多时有 1300 人左右，煤炭不可再生，近年来，石沟驿煤业分公司因资源枯竭而关停矿井，员工们踏上了分流之路。将相去，煤炭竭，石沟驿人何去何从？张贤亮把镇北堡的荒凉“卖”到了全国及世界。繁盛与荒凉之间，到底有多远的距离？或许，这里是下一个国家矿山地质公园，吸引着无数将相！

（原载“宁夏煤业之声”公众号 2018 年 7 月 10 日　田磊整理）

叫了半个世纪的卫东矿

位于贺兰山深处的汝箕沟煤田，有一座因草得名的煤矿——白芨沟矿，而老一辈煤炭人，习惯称它为“卫东矿”。

白芨沟矿名称由来

白芨沟矿山大沟深，漫山遍野生长着一种叫芨芨草的植物，因芨芨草的根茎为白色，所以这里的人们更习惯叫它白芨芨草，后来建了矿，也就顺理成章地叫白芨沟矿。

白芨沟的“芨”，是芨芨草的“芨”。芨芨草生于微碱性的草滩及砂土山坡上，海拔 900—4500 米。在我国北方分布很广，从东部高寒草甸草原到西部的荒漠区，以及青藏高原东部高寒草原区均有分布，如黑龙江、吉林、辽宁、内蒙古、陕西北部、宁夏、甘肃、新疆、青海、四川西部、西藏东部等。

关于白芨沟矿名称的具体由来，还有一段传说。

很早以前，贺兰山深处有一条山沟，两侧山峦重叠，溪水穿涧而过，每年春季来临就长满白芨芨草。一些为了躲避战乱的游牧民来到此处，看到天然茂盛的白芨芨草场非常适合放牧，于是打算长期居住于此。为了便于牧民间地点的确认和联系，称这里为白芨芨沟。

然而天公不作美，后来因雨水逐渐减少，山泉逐渐干枯，草地失去了原

白芨沟最早的样子（20 世纪 50 年代）

有的茂盛，不得已，牧民只好陆续从这里迁移，留下的，只有这个叫白芨芨沟的地名。

1958 年，大炼钢铁期间，从陶乐、平罗、灵武等县抽调一些农民在白芨芨沟等地挖坑炼铁。为供应所需要的煤炭，汝箕沟煤矿首先在白芨沟井田南侧二层煤露头处开挖多处小窑。

1965 年 12 月 31 日，贺兰山煤炭工业公司下发《关于批准汝箕沟矿区白芨沟矿井初步设计的通知》。1966 年 3 月，原煤炭工业部第七十九工程处 300 多名建设者来到了这块秃山荒岭，在海拔 1900 米的贺兰山中扎下了根，开始了艰苦创业，人们习惯地把矿区称为白芨沟矿。矿区南北长 6.3 公里，东西宽 2.5 公里，面积约 15.8 平方公里。

1970 年，在白芨沟建设的矿井被命名为卫东煤矿。1985 年 2 月 6 日，又更名为白芨沟矿。

在极其艰苦的条件下，白芨沟矿职工们利用业余时间自娱自乐，丰富业余文化生活

白芨沟矿的建设者用土坯依山而建的小地窑

白芨沟矿在建矿初期，在山下创办了农场，用于安置职工家属。图为农场蔬菜瓜果喜获丰收

白芨沟矿建矿初期的生产运输

智慧的白芨沟人降伏瓦斯火魔

瓦斯是煤矿井下有害气体的总称，是煤矿安全生产的大敌，同时瓦斯也是一种非常规的天然气。我国煤矿瓦斯排放量居世界首位，大量的瓦斯排放不仅浪费了宝贵的清洁能源，同时也加重了温室效应。

白芨沟矿投产以来，一直属高瓦斯矿井。为减少瓦斯排放给大气造成的污染，实现瓦斯综合利用，1988 年，白芨沟矿铺设上万米瓦斯管路，为矿区 7200 多户居民输送瓦斯用于做饭和取暖。1992 年，白芨沟矿上马了炭黑厂一期工程，用瓦斯制造炭黑，创造利润，使瓦斯变害为宝，造福矿区职工群众。

20 世纪 80 年代白芨沟矿建设者们的精神风貌

白芨沟矿在 1995 年建成了炭黑厂

西北地区首例机械化综合采煤工作面在此落地

建矿初期，因受历史条件所限，生产布局相当复杂，共 21 个采区。直至 1987 年，采煤机械化程度仅为 44.32%，面对全国大中型企业不断改革创新的变化，再不与时俱进，就将面临被时代淘汰的危机，全矿上下提出了“砸锅卖铁”也要上机械化，决心改变传统的采煤方式。

1987 年年底，该矿在 4221 工作面上马了第一套国产综合机械化采煤机组，成为我国西北地区首例探索使用机械化综合采煤的煤矿。

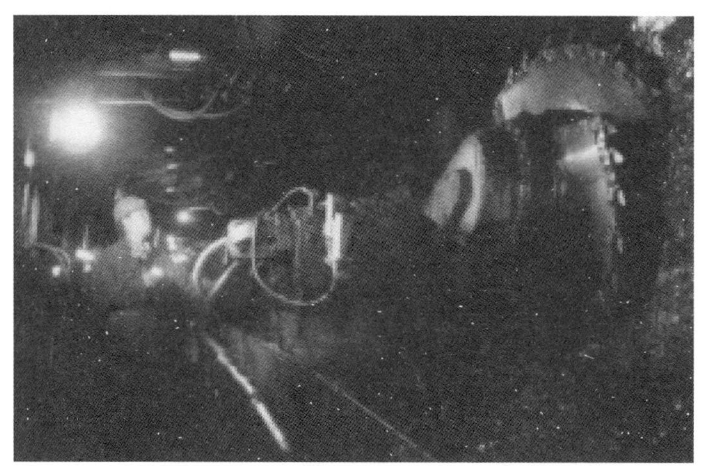

1986 年以来，高档普采、综采先后在白芨沟矿生产中得到应用，使白芨沟矿的采煤方式发生了质的变化

20 世纪 80 年代，大功率综掘机的使用，大大降低了掘进工人的劳动强度

1990 年，该矿综采首次突破年产百万吨大关，填补了西北地区综采单产百万吨的空白，进入了全国先进行列，采煤机械化程度达到 80% 以上，为加快高产高效现代化矿井建设步伐以及可持续性发展奠定了基础，开辟了新路。

这里曾被城里人称为“小社会”

20 世纪 90 年代，白芨沟矿的发展达到了鼎盛时期，从城市里来白芨沟矿探亲的市民

1988 年，白芨沟矿在井下运输大巷使用信、集、闭调度系统，使运输工效大大提高，促进了矿井安全运输

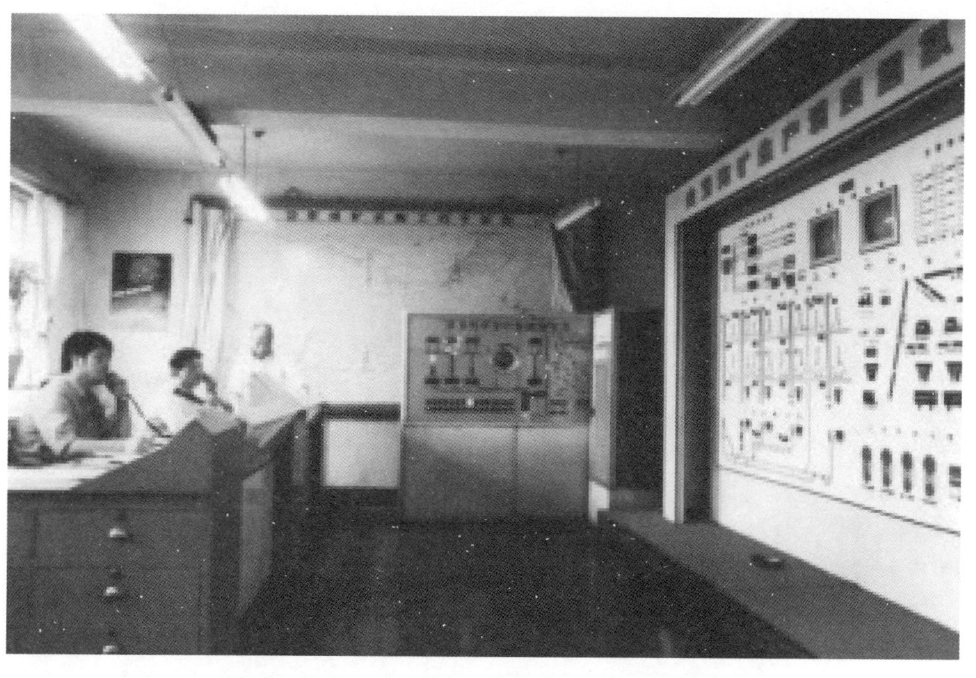

20 世纪 80 年代，白芨沟矿建成的智能化生产调度中心

2000 年 3 月，白芨沟矿综合放顶煤技术一次性试采成功，填补了“两硬特厚”煤层放煤技术空白

为提高职工队伍整体素质，白芨沟矿在青工中积极开展岗位练兵技术比武活动

走在矿区里发现，不大的山沟里，不仅建有幼儿园、小学、中学，还有医院、邮局、法院、派出所，凡是城市里有的政府机构和事业部门，在这里基本上都能寻到踪迹。麻雀虽小五脏俱全，这里俨然就是一个小社会。2000 年，白芨沟育新中学一名品学兼优的高三考生以优异的成绩被清华大学录取，成了矿区里的爆炸性新闻，也成了白芨沟矿的骄傲。

随着企业迁居工程的实施，为了改善矿区职工家属的居住、医疗条件，2008 年，矿区职工家属陆续下迁，从矿区搬到了城市居住，加之矿井生产系统优化为“一井一面”，留守在矿区的职工不到 1500 人，昔日沸腾的矿区变得沉寂了。在白芨沟矿现有的职工队伍中，有不少人是在矿上土生土长的“煤二代”，甚至是“煤三代”，这里是他们生长的故乡，时代在变迁，但他们对矿区深厚的感情始终没有变。

为打造“太西煤”优质品牌，20 世纪 90 年代，白芨沟矿宣传车在银川做宣传

这里有远古先人留下的白芨沟岩画

1995 年 5 月 12 日，媒体报道了石嘴山白芨沟发现赭色岩画的消息，由此也掀开了在这个盛产优质太西煤的贺兰山腹地，数千年之前就有人类在此生存生活的历史。这是在贺兰山岩画中发现的唯一一处赭色岩画，人们叫它白芨沟岩画，但是遭到人为大面积涂抹破坏，一些赭色岩画甚至被人撬走。据说一些农民采石头时，把刻有岩画的石头撬掉后盖了房子或羊圈。

白芨沟的彩色岩画为赭色，虽年代久远，但至今色彩十分鲜明。这些赭色岩画，分布在一个坐北朝南几十平方米簸箕形的凹陷悬崖岩面上，凹陷的簸箕形悬崖位于一个山沟拐角处，为千万年来山洪急流冲刷所致。赭色岩画就绘制在悬崖顶部的石壁上，宽近 1 米，长 10 余米。

白芨沟远古先民所表现的单体画中，有 83 幅为牛、羊、马、狗之类动物图纹画，有 8 幅合体画为骑马狩猎放牧等生活画面，是远古先民的部分生活写照。

芨芨草在我国分布广泛，不同地域生长的同一种植物，被赋予了不同的名称。芨芨草是席箕草的别称，也叫枳芨草、枳机草。西吉县城南部的西滩乡，因境内多席箕草而得名席箕滩，后雅称为西滩。

“席箕草”一名，经常出现在唐宋人诗中，如：李贺“秋尽见旄头，沙远席箕愁”，王建“单于不向南牧马，席箕遍满天山下”，顾非熊“席箕草断城池外，护柳花开帐幕前”，秦韬玉“席箕风紧马豩豪”句，以及《太平广记》中所引古诗“千里席箕草”句等。岑参的《白雪歌送武判官归京》中“北风卷地白草折，胡天八月即飞雪”，其中的“白草”，就是芨芨草。

芨芨草自古和人们的生活息息相关。宁夏本土作家季栋梁小说《黑夜长于白天》里有这样一段描写：

爷爷去世以后，奶奶为了养活九个儿女，就从娘家学了手艺，编篓、筐、篮，织草鞋、草帽、草席，扎笤帚、扫帚。因为她是小脚，干不了地里的活计，还要养活一大家子人。

这里提到的“编篓、筐、篮，织草鞋、草帽、草席，扎笤帚、扫帚”，都是用芨芨草作为原材料进行编织的。不仅如此，芨芨草还可以用来烧火做饭，甚至是牲畜的饲料。有文献指出席箕草也叫息鸡草，因绵羊、山羊特别爱吃，所以称之为羊草。

地名，绝非仅是伫立路边的标识，还积淀了人类几千年的文明。有的因名山大川而得名，有的因海陆位置而得名，但因植物而得名的城镇却为数不多，白芨沟就是其中之一。由于历史原因，“卫东”作为白芨沟矿的曾用名使用了十五年，也在当时煤炭人心中烙下了深刻的红色印记。

无论是叫卫东矿人还是叫白芨沟人，这方土地上的人们，都像返青后的芨芨草，有着同样坚韧和旺盛的生命力。

返青后的芨芨草，时光一寸一寸遁入茂密的草叶，绿色的茎秆一节一节抽生出来，茎秆外壳在抽生时形成的中空，乳白色的髓遍布其中，内柔外刚，耐磨耐用。一簇簇芨芨草种子，顺风随性，生生不息。这是卫东矿人的写照，也是白芨沟矿人的写照。

（原载“宁夏煤业之声”公众号 2018 年 8 月 14 日　闫建西）

沙漠绿洲——磁窑堡

很久没有回到磁窑堡了，生活在钢铁巨塔之间的银川市区，渐渐忘记了曾经生活过的地方，十一假期有幸路过那里，满目疮痍，一片废墟，与宁东镇的繁华大相径庭。

初生之时就在毛乌素腹地的磁窑堡，记忆里五月的毛乌素寸草不生，荒漠化严重到令人窒息的程度，在漫天的风沙里偶尔可见飘飞的塑料制品。狂野的风沙越过后山，刮过磁窑堡的街道。大概是因为受到鸳鸯湖的滋润，后山那边有花有树也有草。蒲公英、苦苦菜开的黄花，步步高开的红花，槐树开的白花，这里随处可见。我尤其喜欢开在这里的小蓟，叶片像苦苦菜，叶的边沿有刺。小蓟又名猫蓟、刺儿菜，它还有凉血止血、清热消肿的功效。小蓟盛开在 5、6 月之间，紫色的花，花瓣丝丝缕缕，有几分菊花的意蕴。儿时的记忆里满是风沙苦涩和鲜花甜蜜的味道，幼时放学之后的闲暇时间都是跟着两个哥哥满山遍野地跑。后山有很多野菜，野菜是父亲的最爱，也是母亲餐桌上美味的佳肴，枯叶枯枝和煤砟子都夹杂在菜叶梗之间，母亲每回都是很仔细、很小心地清洗我们采摘回来的野菜。

记忆里，作为矿工的父亲是黑色的，黑色的衣服、黑色的安全帽、黑色的矿灯，唯有父亲微笑时的牙齿是白色的。每日按时间点去迎接矿井下的父亲归家是母亲给我定下的规矩，黄昏时随着放学铃声直奔矿区迎接父亲。远远看着父亲所在的采矿队的员工队伍像一群黑色的绵羊出现在阳光下，便觉得欣喜。黑色的队伍慢慢转进了澡堂，身后留下一串串黑色的印记，转眼间便被呼啸的风吹散了。父亲从澡堂出来之后便可以清晰地看见他的模样了。远远的，父亲扯着嗓子呼喊一声，我便飞奔过去，他拉着我，指缝间还有残留的煤粉，被安全帽压出明显印痕的头发随着风轻摇，身上飘散着一股香皂的清香。磁窑堡在夜幕下逐渐安静，并排的平房夹杂着几栋自建的红砖瓦楼房，烟火气息在昏晚的灯光中飘散在风中。矿工逐渐消失在各个平房内，随之各种欢笑声传来，家属区逐渐喧闹起来。靠近家门时刻，我放开父亲的手奔向母亲的厨房，炝了油的葱窜鼻香，晚饭的搅团早已盛好，连同野菜一起摆放在饭桌上。父亲拿惯了煤锹的手接过二哥端来的饭碗，朝着屋内正在做作业的大哥招呼了一声，落座便开饭了。

父亲从不在我们面前谈起矿井下的生活，矿区的叔伯也是这样。幼年时晨起读书，穿着蓝色劳动布的矿工队伍裹挟着我们这群红领巾走在林荫路上，道旁是白杨树，矿工们声音低沉地交流，我们肆意地奔跑呼喊，惊扰了无数的鸟语虫鸣。

磁窑堡是逐渐变色的，自幼时到少年，白蓝色的影院在时间的光影中变成灰蓝色，脱落了腻子的墙壁在光影里斑驳。职工公寓换了新装，草绿色的外墙包裹了灰色水泥墙，福利楼前的林荫路逐渐淹没在白杨林中，父亲的发丝逐渐沾了霜色。不变的是如父亲一般的矿工，或沉默或欢笑着走过磁窑堡的道路。

时光闪烁，磁窑堡逐渐在荒漠的风沙中熄灭了万家灯火，采空区已经不适合居住，人员搬迁至宁东镇、灵武城及周边区域。儿时关于磁窑堡的记忆便随之中断。

大概是因为受到父亲的影响，1997 年毕业之后我也来到了灵新煤矿，沿承着父亲的工作，也延续着另一个“磁窑堡”的工作形式。1998 年至今煤矿机电设备向机械化、自动化、智能化的方向发展，采煤工作面逐渐可实现年产超千万吨，出现了“一矿一面、一个采区、一条生产线”的高效集约化生产模式。近年来，高度智能化的采煤机实现了远程操控和工作面无人操作，胶带运输系统实现自动化，矿井主要通风机、主提升设备操作也实现了智能化。后来，随着机械化设备和人员更替，父亲也退休了。

2006 年，我们转战煤化工，2014 年 5 月在煤制油分公司安家落户。我们载着磁窑堡的记忆，在宁东大地上不断探索煤制油技术的发展，响应“社会主义是干出来的”伟大号召，坚守煤矿人的信心和品质，在宁东大地上逐渐绽放出新的光彩。

宁东镇替代了磁窑堡，高楼坐地而起，车辆川流不息，磁窑堡终止的繁华逐渐在宁东大地延续，在黑色煤块能量的延续之下，生命的烟火次第绽放宁东大地。

再回磁窑堡，没落的荒芜逐渐带起记忆里的酸涩。我慢慢向女儿述说这里曾经生活过的那代人平凡的故事，讲述和父亲一样沉默的矿工，讲述磁窑堡的那些人、那些事，那些酸涩又渐渐化成一种幸福。

（原载《新宁煤》2020 年第 10 期　马巧玲）

走出去的石嘴山人，走不出去的石嘴山情

2017 年 5 月的一晚，我随便装了几件衣服拎了包便迫不及待地走出家门，不敢回头，怕眼泪再度决堤。因为工作变动的原因，我即将离开这工作生活了十九年的地方，开启新的人生旅程，有些激动，更多了些留恋。

10 点半，师傅说凑不够发车人数，所以第二天出发，于是我拎着包沿着南大街往回走，熟悉的街道，霓虹的街灯，一切还是繁华的样子，南街文景广场依旧热闹：有表演节目的，有跳交谊舞的，有踢毽子的，有打羽毛球的……很久以来，我从未认真地审视过这座生活了十九年的城市，一直在匆匆中来，又在匆匆中去，也或许是因为太熟悉反而没有太关注。十九年了，说起来很长又很短。记忆的闸门仿佛忽然打开了一样，顷刻间扑面而来。

1998 年 8 月，我初到石嘴山，摇摇晃晃四个小时后，大巴车终于在石嘴山矿务局门口停下了，铺盖卷放在门卫值班室，我懵懂又充满渴望地走进了组织处，填表签字后，石嘴山一矿组织科的同事带我安顿好宿舍，便来到了位于煤炭路的石嘴山一矿。组织科的人介绍说："这里是新中国成立后，在宁夏投资兴建的第一座煤炭工业基地，为石嘴山的建立、发展、繁荣作出了不可磨灭的贡献。"我听着这些介绍，内心的自豪感油然而生。随后，我被分到地测科，科长临时有事不在，大家都说让我第二天早上再来，先回宿舍休息休息。

搜寻来时的路，过了铁路、一矿菜市场，拐进了新村路，又经过水塔、一矿小学、邮局、一矿卫生所，我看到了一矿工人俱乐部。我在给家人的信中说："这里一切都好，有食堂、医院、学校、邮局，还有俱乐部可以看电影。"

虽说那时煤炭销路不好，矿上正处于停产学习状态，但是各种各样的活动全面开展，每天和有共同爱好的人做共同爱好的事，虽说工资开得少点，但是对于刚步入社会并对未来充满希望的我来说，一切还是美好的。

说实话，起初我对自己所处的环境不是很满意。一矿、二矿的大煤堆高高堆砌在那里，而石嘴山又历来多风，一刮风就到处都是黑煤灰。大风天从头一年的九十月份持续到第二年的四五月份，用民间的话来形容就是"一年一场风，从春刮到冬"。那些年，春天植树是各单位的硬指标，随着绿植的逐渐增多，石嘴山的环境改观不少。慢慢地，我喜欢上了这座煤城。

那时出行最方便的是骑自行车，攒了两个月的工资，我终于拥有了人生第一辆自行车。周末，我骑着自行车，独自穿行在石嘴山的大街小巷，慢慢熟悉了这座兼收并蓄的移民城市。在和同事去测量黄河水位的时候，他指给我看煤层露头不远处的那块突出如嘴的巨石，石嘴山过去叫石嘴子，就是因此得名。1998 年 11 月，煤炭市场逐渐好转，矿上正式恢复生产，我被安排跟一位老师傅学储量管理。

石嘴山，这个我实习期工资只有 230 元的地方，曾让多少年轻人因为生活困难而离去，我也在犹豫不决、举棋不定中徘徊。然而，翻看矿志，我了解到：20 世纪五十年代初，周恩来总理就指示燃料工业部组织勘查人员勘查宁夏的煤炭资源情况。1955 年秋，燃料工业部奉周总理指示，派遣万鹏等工作人员与西北煤管局的高亚才、马进等 10 多位同志来到银川。万鹏向大家传达：周总理非常关心西北的包兰铁路、兰新铁路建设，关心包头钢厂、酒泉钢厂的建设。宁夏如果有煤炭资源，不但能为两大钢厂解决燃料动力问题，更能为宁夏地区经济建设奠定基础。

冰冻的黄河岸边，寒风仿佛诉说着当年筏运的情景——兰州至石嘴山 600 公里的航道，几十处险要地段，大家群策群力、献计献策，先后攻克了牛皮筏子靠岸、重型设备装卸等难关。数九寒天里，前辈们不顾严寒，冒着生命危险几次潜入流着冰凌的河底打捞机器。

从1957年10月20日开工建设，至1961年12月25日一、二、三、四号斜井全部投入生产，在“白昼间到野外与风沙搏斗，黑夜里在庙中同泥像共眠”的艰苦条件下，矿区的建设者们创造了建井快、出煤早、投资省的奇迹。其中四号斜井的建设被煤炭工业部授予“快速建井红旗”荣誉称号。

想到这些，我心里满是自豪和感慨。

石嘴山这座因煤而起、因煤而兴的城市，随着市场的起伏给从事煤炭行业的我们带来过冲击，也带来了骄傲和重生。在石嘴山生活了十九年，我搬了五次家。一矿简陋的单身宿舍里留下了我爽朗的笑声。结婚之初租住在309顶层40平方米的小板楼里，冬冷夏热加之买房的压力，让我感叹生活艰难。孩子出生后生活的压力骤增，我终于逃也似的搬回了水厂自己盖的简易房，冬天仅靠一个火墙取暖，一岁多的儿子小脸、小手冻得通红，让回来探望他的二伯红了眼圈。2004年，我们一家终于住进了60平方米的一矿职工福利房。2008年以后，职工民生工程让我们的生活条件大为改善，从提高职工收入到开展沉陷区治理和棚户区改造，再到改善职工住房就医、方便子女入学等，煤矿职工的幸福指数全方位提高。2010年，我再次搬家，搬进了100多平方米的新家。

2014年，煤炭工业进入需求放缓期、产能过剩和库存消化期、环境制约的强化期和结构调整攻坚期这“四期”并存的发展阶段。那时候，在公司的大院里，我站在打着横幅的人群中，一批批送走去宁东进行跨区域作业的工友，心里异常难受，眼泪在眼眶里打转，我知道自己最终也要前往。有人对我说还是争取留在矿上吧，即便停产了，还有留守人员，也能熬到退休。说到“熬”这个字，我打了个寒战。我宁肯活得艰辛，也要让岁月绽放。

于是，我决定自学会计专业，那一个多月暗无天日的时光里，我努力到连自己都感动。由于严重缺乏睡眠，我一度头晕头痛到几乎昏厥。功夫不负有心人，我最终一次性通过了三门考试并拿到了会计从业资格证。我和儿子留在了石嘴山，并成了福利厂的一名出纳，每天奔走在银行、国税局、地税局之间。我走进了线材厂，闻到了硫酸味；我走进了机加工厂，看到了工人在机床上按尺寸生产锚杆、金属网、托盘；我看到了职工按照科学配比制造锚固剂……我看到了每个认真生活的人。

我知道生活永远不会亏待一个认真对待她的人。2017年，我的人生再一次转折，我终于有了回到自己本专业的机会。能源工程公司环安分公司的同事用最热情的笑脸和最诚挚的态度接纳了正处在人生低谷的我。对待新岗位，我满怀感恩。

那夜，我回到家才想起来，端午节快到了。正包粽子的姑子姐对我说："你儿子看着你拎着包去银川了，眼泪汪汪的，看着让人心疼。"

说话间，儿子突然看到又回来了的我，欣喜若狂，继而又不无担心地问道："妈妈，你不去银川了吧？"

我说："妈妈明天去，妈妈要去工作的。"

儿子眼中再次充满不舍："妈妈，那我什么时候能去银川呀？其实，我还是很舍不得这里，我在这里长大，总觉得这里才是家。"

我心里突然被什么东西击中，眼睛有些湿润。我们将要离开石嘴山，但心却永远留在了这里。

（原载"宁夏煤业之声"公众号2019年8月2日　杨淑英）

行吟贺兰山八号泉

走进贺兰山，就是走进石头。

贺兰山的石头有些是红的，像血！八号泉就在贺兰山腹地。

双脚落在八号泉的土地上，内心陡增一种震撼、一种崇敬！

我看到了一座建筑，一座小小的建筑，一座用贺兰石砌起来的纪念碑。这是兰州军区为纪念牺牲在石嘴山八号泉的英雄而建的。它孤零零地耸立着，在贺兰山深处，在蓝天白云下，这座纪念碑把苍凉的意境具体化。纪念碑的正面是萧华上将遒劲的题词——贺兰雄鹰。背面的碑铭已经斑驳。远处，荒草地里，一块一块的墓碑孤独地守护着。

这里的一切都很静穆。

天很蓝，云很白，石头很亮。天、云和石头，每一类、每一个可以命名的事物都显得那么纯粹，那种没有一点杂质的纯粹。

没有一丝风，太阳炙烤着大地。

在火辣辣的大地上，每一块石头、每一粒沙、每一星点的炭末都服服帖帖地紧抱着脚下的这一片土。

偶尔，有一株不知名的植物从石缝里探出来，恰如潜伏的哨兵，睁着警惕的眼睛。

脚下，一股山泉淙淙流淌。这就是八号泉的声音，也是这片土地上唯一的声音，是一种极低、极细的声音。她流着，她把八号泉神奇悲壮的故事和她刻骨铭心的记忆用一种隐秘的声音流到八号泉的外面，让外面路过的风带到极远的地方，带给怀念她的每一个人。

曾经养育了一支部队的八号泉，依旧在空旷的山涧淙淙流淌，尝一口，仍然留着一点微咸，像是眼泪的那种咸。

走着走着，一座高大雄伟的建筑在眼前的高地上突兀起来，那是曾经的八号泉师部礼堂。那座高大的建筑，顶上的瓦片大多掉到了地上，而屋顶仍然被钢梁撑着。掉了瓦片的屋顶漏着天空和白云，同时又把阳光倾洒在地上。墙上的两行红字被钻进来的阳光一遍又一遍地擦拭，擦得锃明透亮。风也跟着阳光进来了，满屋子寻找着一些密码。

在师部礼堂的周围，横的石头、竖的石头、立的石头，匍匐的还是石头。

一些大石头，仍然保留着战马奔跑的姿势。

满坡的碎石头，仍然探着警惕的头颅，犀利的目光指着北方。

一棵树倒下去了，恰被另一棵树扶住。有人说，这是一个男子扶着他的新娘，有人说这是一个母亲扶着她的孩子。但我知道，在八号泉，那一定是一个还没跌倒的战士扶着另一个快要跌倒的战士，而且永远扶着。

部队撤下来了，一部分战士去了更需要的地方，一部分永久地留在了八号泉烈士陵园里。

他们变成了贺兰雄鹰，他们一直在贺兰山顶上空飞翔。

（原载《神华能源报·宁煤版》2019 年 9 月 26 日　李耀斌）

贺兰山岩画笔记

一

大山魂魄深沉雄浑，咏叹岁月沧桑。

哦——吆——嗨——

一声声，腾跃跌宕成遥远悠长的古老歌谣。

有鹰枭挟苍茫自峰壑间喷薄而起，万千羽翼振荡于同一光环。贺兰山，就这样抖开一片金灿灿的风。湮没了一片黑森森的浓绿，开放着古陶罐狩猎之舞……

在血性的骚动与拔节中，山青稻红苞米沉甸甸地唱进民谣。

二

仍有一种声音——

山林晓光与峰峦冷月的沉沉足音。金属之韵于拔地而起的大风之中劈开一条通道，长啸后叩响了弓弩满月的瞳孔。

篝火醒悟，绿荧悚然。

咫尺天涯和一段凝固了的时空，于风吼雨嘶中浓缩。

一双眼睛，在冷寂的传奇里，走出了铿然作响的人生。

三

当太阳流尽最后一滴血，当流浪的风蹲在黑青黑青的贺兰山上空哭泣。那双眼里映出岩石上镌刻出来的男女人像，粗大的眉、突出的眼球、高耸的颧骨、宽大的下巴，他们隆起而触地的乳房占据了头部以外的全部空白。

大风起兮云飞扬，这些粗犷变形的硕大的乳房就随着风摇摇晃晃，甚至迸发出撞击的力量。甘甜、浓稠的乳汁滋养了一个强悍威武的马背民族——党项人。

四

命运的彩霞万丈光芒。高天下的向日葵，仿佛是党项人剃得铁青光亮的前额，朴素而幸福。叶落花开，金戈铁马，鸟声滴落，山水响应。洋溢的水呀，我就要开放，一株清淡的水草，充盈着泪水与幸福，结缘而上。水草美丽的身体上，站满了鱼群，鱼群就要飞翔。

孩子在快乐的黑松林里，游戏、嬉闹，操劳的母亲欢喜、安静。然而，有一种力量在猛烈地撞击着我，不知是什么深深地阻碍了我的宁静。

五

又起风了，天地一片浑浊。偶尔露一下的太阳也成了月亮的颜色，那是一种陈旧的白，像极了一小块被风化的白骨。

风中的贺兰山就是一大群裹着黑羊皮的党项人，在这一小块风化了的白骨下晃来晃去。

六

由于风的缘故，我眯着眼看贺兰山，他如一种舞蹈，左肩右肩地晃动着。一个崇天尚武善射的民族，是在哪一片时间的坡度上神秘地消失了呢？风中的酸枣刺像是时间的腿。

贺兰山依旧前后左右地晃动着，一如那个神秘的舞蹈。

七

徘徊在贺兰山中这历史长卷前，想到历史制高点上的风云叱咤一个个如放大了的肥皂泡，五彩斑斓，亦无迹可寻，只留下一条条桑田沧海镌刻岁月的履痕，引诱我们寻找着什么。

贺兰山的石头，以血染的空灵，滋润了五彩的渴望。

八

贺兰山用石头思想——

这是冥冥中被某种神力斧削过的大美。在这扇“冲积平原”上，人类的痕迹时隐时现，我甚至看见蝼蚁般的人群在阳光下劳作的身影，以及他们的田地、房舍和炊烟。而在这一切之上，是久已沉寂在心灵之中，万物之上的人类的图腾。

一条废弃已久的崎岖山路，从那时起就在飞翔的羽翼下真实起来。

九

我看见羽翼下的那条崎岖小路旁，捧着骷髅喝酒盟誓的党项人昨天晚上刚刚从这儿撤退。一夜之间，大地空空荡荡。一群黑白相间的羊只，像是神的脚趾，缓慢地移动。而他——这位神，据说是普罗米修斯的远方至亲，他的工作就是将自己暴晒后，一片片风化。

十

满山的红叶黄叶把秋意吸进来又吐出去。

下过霜的早晨，我的目光细细地比较着叶子上的赭红，是否比身后伫立的石头更鲜更艳更有光彩。

大自然在季节轮换中更换新叶，人类在鸟儿飞翔的天空下渐次飘落。在曾经枝繁叶茂的土地上，党项人却不知所终。在时间的另一端，他们相互借用着身体里的磷火，拷问着季节的寒冷。

十一

在光线折射的光芒中，贺兰山岩石像是一个被无限夸张了的伤口——孤独、高傲、痛苦、无助。

骑着石头的男人和他们用羊毛裹起来的女人，都是时间黑瓦上留下来的霜。石头留下来了，青草留下来了，一个被无限夸张无限放大的伤口留了下来。一个遥远的神秘，在历史搬迁的途中被留了下来。

目睹了这一切的光阴是沉默的，他把因智慧而长出的额角锯下来藏在身后，走下了又一个历史的缓坡。

十二

岩石前，风连续三次刮掉了我的帽子，我连续三次弯腰捡拾——在肃穆中向历史鞠躬！

（原载《神华能源报》2019 年 1 月 11 日　赵新奎）

矸石山：命运的丰碑

有煤就会有煤矸石，有煤矸石就会有矸石山。一个煤矿，总会有一座矸石山。

石炭井，也是这样。

从南大门走进石炭井，远远地就能看见一矿的两座黑黑的矸石山。走近石炭井的二矿、三矿，最先看到的也是矸石山。

矸石山，耸立起石炭井一道别致的风景。

从采煤的第一天起，煤矿便会把夹杂在煤中间的矸石分离出来，和其他废料一起运到煤矿边上集中堆放。矸石山的绞车，不停地把煤矸石和废料捧到高空，再撒到低处。一天天，一年年，日积月累，就堆出一座山，称之为矸石山。

矸石山，就是摆在矿区的一件行为艺术品。

远望矿区，铁路、火车、选煤楼、大烟囱，煤矿边上的矸石山高耸、醒目，却也透着几分突兀。

走近矸石山，那山高大得让人压抑，压抑中不自觉地去仰视。只有仰视，才能看到蓝天白云下的山顶。

自然的山，或水或泉，有草有花，升高下沉，很难察觉。矸石山，崎岖陡峭，石块交错，没有水，没有树，没有花，没有草，满山除了矸石还是矸石。

一年四季，冬天雪天，矸石山一山雪白，其他时候，风中雨中，矸石山一身黑褐。

矸石山，有着它自己的体温。山上夹杂着煤块和其他易燃的废料，层层堆积，温度上升，矸石山时常会自燃。山上点点火光、烟雾缭绕，矸石山多了一分生动。

在那物资匮乏的年代，矸石山，又是太多石炭井人家生活的依靠。

靠山吃山、靠水吃水，石炭井人一年四季的生活都离不开煤。

石炭井的煤很好烧，一两锹煤块，两三张桦树皮，七八根劈柴，一座煤炉子，不一会儿就会燃起一炉温暖的炉火。

相对封闭的石炭井，上学几乎是年轻人唯一的出路。深耕于井下的父辈，希望儿女都飞向山外的世界。

那年高考失利，心一下子沉到了谷底。刚开始的几天，心情一如矸石山般的灰暗与沉重。

但是单职工的贫困家庭不会给你太多的时间去悲伤。一身破工作服、一双旧翻毛皮鞋、一把钩子、一个帆布背袋，父亲扔给我，让我去矸石山捡煤，体验生活。

在这之前，母亲已经在矸石山捡了很长时间的煤了。

母亲捡来的煤除了小部分自己家里用，大部分都会卖掉换钱，贴补家用。

课余时间，我会帮母亲去矸石山往家拉煤。但每次母亲都不让我上山捡煤，总是让我在山下等着。

矸石山上的捡煤人手脚并用，“之”字前行，边往上攀爬边捡拾煤块和一些破烂。捡满一袋，下山倒下，上山再捡，捡够一车就拉回家。拉着满满一架子车煤，下坡得小跑，上坡时弓背弯腰，慢慢地前行。

除了煤，母亲还从矸石山捡些杂七杂八的破烂卖。

坐在单元楼前小房前的空地上，母亲把捡来的弯曲缠绕的铁丝一根根砸直抻直，再一根根捆成一个个大捆。家里缺钱了，就驮上一捆到收购站卖掉。

那时候，一家五口吃饭，只有父亲一人上班，父亲微薄的工资没有什么富余。母亲从矸石山捡煤捡破烂换点钱，勉强能裹住家里的日常生活开销，不至于捉襟见肘。

看似平常的捡煤，轮到自己才知道一点也不轻松。

站在高高耸立的矸石山脚下，人显得那么地卑微。

矸石山很陡，石块交错，很是坎坷。

上山时，沿着“之”字形路线一点一点前进，要身体前倾，看清脚下，不急不慌，每一步都要踩稳。

不急不慌，才能一步步前行。想一想，生活的路，何尝不是如此？

一边往上爬，一边四处搜寻煤块、废铜烂铁，还要时时注意远处山顶绞车倾倒矸石的动静，躲闪上面倾倒的矸石。经常是人爬到山的半腰，赶上绞车倾倒矸石，那时候下山已来不及，只能眼盯着飞滚而下的矸石，瞅准时机，机灵地躲避。下山时，则要身体下蹲，侧身慢行。

一天天，一年年，矸石山的绞车，不断上上下下，倾倒翻转。绞车一次次翻转的隆隆之声，是那石炭井之歌的声声鼓点，或激昂或雄壮，或悲壮或忧伤。人歇了，鼓停了，那首你我最懂的歌，还在永远深情地吟唱，在心里在梦中，在路上在他乡。

可以说从煤矿采煤的第一天起，煤矿就开始堆积矸石山，用废弃的煤矸石堆积命运的丰碑。煤矿，矿山儿女的家，苍老了，萧条了，衰败了，不在了。它给自己立的碑还在，云起风落，孤零零地坚守着我们那终生难忘的家园。

（原载“宁夏煤业之声”公众号 2018 年 1 月 19 日　陈　东）

守望家园

作为一个土生土长的石沟驿人，从出生那天起，似乎与黑就结下了不解之缘。从开始记忆起，满眼的黑色充盈着我的脑海，黑黝黝的矿工、黑乎乎的矿区。一刮风，到处都是黑沙弥漫，一天下来，手是黑的，衣服是黑的；脱下鞋子，脚趾头缝里都是黑的。记得小时候，去农村的外婆家，总是听到有人戏谑地说："黑炭末子又来了。"当时听了这话，内心很不乐意，总是要回敬一句："你才是黑炭末子呢。"可就是在这片黑色的土地上，承载着人们欢乐的童年，成为人们实现梦想的舞台。

据史料记载，石沟驿曾是一个驿站。在矿区南面有一座废旧的古城，据传是唐代名将郭子仪屯兵的地方。附近有一个泉眼，汩汩流出的泉水渐渐汇成了一条小溪，一到夏天，溪水清澈，小鱼游弋，周边绿草茵茵，给原本干旱的荒漠增添了一分生机。对面的山上有一个石洞，这里就成了我们这帮矿工子弟的"乐园"，每到放学或周末，就三五成群到这里爬山、到小溪边捉鱼、到古城捡拾古钱。古钱多数是清朝年间的，上面印有嘉庆、乾隆、光绪、同治等字样，小伙伴们互相晒自己的战利品。有时，我们还背上家里的大铁锅，到山洞里野炊，用泉水做出来的半生的米饭，就着拌黄瓜和从家里带来的咸菜，感觉特别香甜。

20 世纪八十年代起，石沟驿煤矿在吴忠和灵武两地建起了家属楼，退休职工多数搬到城里住，许多矿工子女有机会到城里去上学，而我也有幸成为其中的一员。在外上学六年后我又回到了石沟驿，成为一名煤矿工人，作为一个煤三代，在矿山安家落户，和父辈们、工友们共同见证矿区的发展和职工生活的变化。

再次回到石沟驿是20世纪九十年代初，矿上已建了家属楼，家家户户通上了自来水，后来暖气也安上了，告别了挑水和火炉取暖的日子。随着煤炭企业改制改组，企业效益越来越好，职工收入一年比一年高，生活也一天一个样。2006年，享受沉陷区治理政策，我和大家一样享受了一户2.3万元补偿款，在吴忠购买了商品房，搬到城里居住。每天坐通勤车上下班，孩子也由矿上协调转到城里上学，“黑炭末子”成了名副其实的城里人。随着生活条件一天天变好，为了上下班方便，2012年家里购买了私家车，自己开车上下班，40公里的路程，大约40分钟就到了。从搬到城里到现在十几年间，许多人已换了好几回房，车子也换了好几辆，房子越换越大，车子越换越高档，虽然我没有换房，可现在也有了两套房子。这些在过去做梦也想不到的事情，现在一件件都实现了，赶上这样的好时光和好日子，我心里觉得知足和感恩。

2007年，年产百万吨的技改井建成投产，2011年11月底，顺利结束宁东矿区最后一个炮采工作面，石沟驿跨入了一井一面、集约化管理的机械化矿井行列。2012年9月，老矿区搬迁到技改井，新矿区花木繁茂、绿荫葱葱、水木交融，实现了空中净化、夜景亮化、地面绿化的生态环境；室内室外运动场地设施齐全，规划整齐的停车位停满了各种品牌的私家车；公寓楼就像宾馆一样，不但生活用品一应俱全，而且还有专人打扫卫生；文体活动中心羽毛球、乒乓球、篮球等比赛如火如荼地进行，昔日脏、乱、差、黑的古道驿站已经成为环境优美的绿色矿山、和谐家园。

2018年5月，石沟驿因资源枯竭结束了历史使命，实施关井闭坑，职工按计划有序分流安置到宁东其他矿井。当办公楼前敲起欢送的锣鼓，一辆辆挂满迎接标语的客车排列整齐地等待分流的职工。这时，特别能战斗、特别能奉献、特别能吃苦的石沟驿人压制住的离别情感瞬间迸发了出来。暂时留守矿区的我站在他们身后，默默地看着这一幕，努力压抑着心头的伤感和泪水，在心里默默地为他们祝福，祝福他们越飞越高、越走越好，心里也暗下决心，一定要替所有石沟驿人守护好这片故土，守望好每一名石沟驿人的梦中家园。

明太祖朱元璋第十六子、庆靖王朱栴就藩宁夏期间，曾多次途经并住宿在石沟驿，并以《石沟驿》为题赋诗一首：

山围城郭野烟中，
亭馆萧然对晚风。
山下红尘是非路，
星轺日夜自西东。

这首诗描写群山围绕着宽阔的石沟驿城，周围村舍炊烟袅绕，城内亭台馆舍冷落凄凉，空荡荡地矗立在晚风里，山下无论路上还是路边都是尘土飞扬，一派繁华热闹的景象，流星般飞速行驶的轺车不分昼夜地东来西往。我觉得这首诗正是石沟驿目前境况的真实写照。石沟驿矿区虽然逐渐远逝在历史的尘埃中，但周边的高速路、高铁站、养牛业、畜牧业等快速发展，我坚信，时代一定会赋予石沟驿新的历史使命！

（原载《新宁煤》2020 年第 10 期　杨志娟）

放歌，在希望的田野上

塔吊林立，管廊纵横，现代煤化工基地雄峙在蓝天之下，呈现一派现代工业之美。875 名“小烯”在这里放歌，打开煤炭由黑变白的“魔盒”，展现国企高质量发展新气象。

因为主要终端产品是聚烯烃，也因为企业的崭新“年轻”，人们送给了建设者“小烯”的昵称。“小烯”，是这方热土上的草根，也是这个舞台的主角。

歌声，在火热炉膛里嘹亮

大学毕业后，“小烯”投入项目建设试车，和许多同事一起扎根在这片梦想的沃土，为项目按期建成试车尽情挥洒汗水。

裂解装置在化工行业内，可谓是技术路线最复杂、工艺流程最长、操作要求最严格、管理难度最大的装置，抓好每一个细节才能确保试车过程万无一失。

裂解炉点炉试车期间，联锁测试、阀门动作测试、机泵单机测试，一系列测试确认正常后，师傅还是不放心，又带着小烯拿起“四合一”检测仪和试漏壶，再次检查一遍管道阀门的密封性和完好性，确认正常后，静待指令。

“第一个关键点，一把成啊！”所有人都屏住了呼吸。随着对讲机里传出的一声铿锵有力的“点火”，点火枪嘴喷出火焰，整个炉膛瞬间熊熊燃烧。那一刻，“小烯”知道这是七百多个日日夜夜汗水心血的凝结，是理想照进现实的高光。

碱洗塔建液位受阻，“小烯”连夜爬进 40 米高的碱洗塔，在闷热如桑拿房的塔肚内，一口气待了 55 个小时……

后来，又诞生了操作台安装，15 天抢出 60 天调试工期，火炬投运攻坚，45 天抢出 90 天工程量，大件整体吊装等纪录。

在习近平总书记“社会主义是干出来的”伟大号召的鼓舞下，2017 年 4 月，“小烯”用两年时间抢出三年的工作量，创造了 24 个月全面建成百万吨级烯烃项目的“宁煤速度”，成功攀越石油化工领域的最高技术壁垒，蹚出一条石油化工与煤化工高度融合、可持续发展的新路子。

掌声，为智能制造响起

对“小烯”来说，负责国内首例百万吨级烯烃智能制造示范项目的成果落地和运营管理，是一个全新的挑战。其 DCS 控制系统是化工企业装置运行的核心所在，就如同人的大脑和神经，此前一直被国外垄断。

“小烯”组建了“7+1”联合团队，联手国内平台建构、工厂建模、数字交付等领域的七个行业“单打冠军”，强强攻坚。紧盯化工行业发展前沿，以现代信息技术、大数据等为基础，提升生产信息获取、安全保障能力，在构建智慧绿色工厂决策管控机制、综合管理体系上深钻细研。

通过搭建“工况实时测算分析模型”、“每日经济效益测算模型”，改变进料模式，双烯收率提高了 1.2 个百分点，日增产双烯 100 吨以上。

当国家级课题验收组宣布“安全自主可控、中国领先、世界先进”成果时，“小烯”亲手打造了化工行业首个智能工厂，也打破了先进控制系统多年受制于人的“枷锁”。

致力打造石化行业“智能烯烃”新典范，烯烃二分公司以三层智能化平台、十大核心智能应用系统、3 项智能制造标准等，获得国家能源集团科技进步二等奖、2019 年度宁夏回族自治区科学技术一等奖，入选“2019 中国智造十大科技进展奖”。

智慧添翼，“烯望”远航，中国梦，“小烯”的梦，又一次照进了现实。

号角声，在登攀超越处激荡

乙烯是“石化工业之母”，国际上常用它来衡量一个国家的石油化工水平。乙烯三机（裂解气压缩机、丙烯机、乙烯机）是百万吨大乙烯的“心脏”，代表着石化装备的最高水平。

在推进乙烯三机首次同步全面国产化过程中，“小烯”先后经历了三大机组单个跳、逐一跳、组合跳、整体跳等“花式”跳车，4 次大拆解、大检修、大安装，拆套筒、提转子、换隔板，逐个啃下了缸体温度高、轴振动大等“硬骨头”。

近几年，随着岗位创完好、检修标准化、装置创标杆等管理提升的推进，小烯做到了“国产机组三步走，“应该、能够、必须不漏油”，让这颗“中国芯”始终保持着稳定、强劲、绿色律动。

“火炬不着火，烟囱不排烟，岗位穿西装”，在这里见“怪”不怪。

“小烯”采取“揭榜挂帅”，创造性将送火炬燃烧排放的氢气、甲烷等富余燃料气送到隔壁动力厂作为燃料，年节约燃料煤 4 万吨，降低成本 2000 万元，火炬成功“熄火”。

通过技改，新增 5 套裂解炉污染源在线监测设施，监测数据全部接入国控监测网站，“烟囱不排烟”，污染物全部达标排放。

中控室里身着西装，内操外操夜班轮休，得益于“黑”科技。如同智能汽车的无人驾驶技术，“DCS 黑屏操作”经过 4 年的持续攻关治理，报警数量由最初的每月 25 万次下降到了现在每月 4000 次，仪表自控率、联锁投运率行业领先。

创新路上不停歇。借助“裂变”、“新启点”平台，搭建创新创效舞台，推进标杆装置、标杆车间、标杆工厂创建，“干字号”工程如火如荼进行，‘小烯 ' 正不断催发绘就新希望美好图景的澎湃动力。

（原载《神华能源报·宁煤版》2022 年 9 月 26 日　李国孝　赵　鹏）

“干”字丰碑

“干”字的本义为武器，中国人一直有“空谈误国、实干兴邦”的共识。邓小平曾说过：“世界上的事都是干出来的，不干，半点马克思主义也没有。”习近平总书记在宁煤煤制油项目建设现场发出了“社会主义是干出来的”伟大号召。纵观宁煤公司的发展，“干”字就是克服一切困难、解决一切问题的有力武器，“干”字就是宁煤人开天辟地、高质量发展的精神血脉。

忆往昔，宁煤人苦干实干拼命干，干出了宁夏煤炭工业的新天地。溯源宁夏煤炭工业的发展史，无不凝结着宁煤人的“干”字情结。60 多年前，在矿井建设最艰苦的时期，一大批来自全国各地、五湖四海的煤炭人，以坚定不移的信念、不负重托的执着、比肩贺兰山的信任、千金不换的担当，在环境最艰苦、工作最辛苦、生活最清苦的岁月里，始终秉承着“建不成矿井挖不出煤炭，死也要死在深山里”的人生信条，战天斗地，风餐露宿，形成了不怕艰难困苦、敢打硬仗恶仗险仗的会战传统，凝结了“特别能吃苦、特别能战斗、特别能忍耐、特别能奉献、特别顾大局”的“五特”精神。在全国煤炭行业最困难的三年，宁煤人弘扬“跑遍千山万水、付出千辛万苦、用得千言万语、想尽千方百计”的市场开拓精神；在宁东矿区开发建设初期，传承“白天与风沙为伍、夜晚同星月共眠”的实干苦干精神；在一次次攻坚克难中，彰显不等、不靠、不要的自力更生精神。这些精神像血液一样深深根植于每个宁煤人的思想中，弥足珍贵。

看今朝，宁煤人齐干巧干创新干，干出宁夏“十四五”发展的新业绩。新时代，宁煤人“干”字当头，唱响“社会主义是干出来的”主旋律，矢志不渝、接续奋斗、真抓实干，勠力同心、攻坚克难、务实苦干，一步步把宏伟蓝图变为美好现实。

“十四五”，宁煤人在自治区党委和国家能源集团党组坚强领导下，锚定以创新为引领，做大煤炭，做强煤制油化工，做优能源工程建设、现代物流，积极发展新能源，创建世界一流煤化企业的战略目标。二十年间，宁煤人用最短的时间、最快的速度在宁东能源化工基地建成了一批全国、亚洲乃至世界级项目，创造了多项世界纪录。50 万吨 / 年煤制丙烯项目为世界最大，60 万吨 / 年甲醇项目、21 万吨 / 年煤制二甲醚项目已生产出合格精甲醇、二甲醚产品。通过装置瓶颈集中攻关、优化工艺技术改造、延长大修周期、少油多化等综合策略，化工装置负荷高位运行，开发油化、树脂新产品新牌号 34 个，板块实现整体盈利。“神宁炉”技术获专利金奖。加快“两化”融合，建成百万吨聚烯烃智能工厂、1 对智能矿井。宁煤人以社会主义事业建设者的姿态，用干事创业的豪迈激情，竖起了一座座“干”字丰碑。

道阻且长，行则将至。宁煤人用实干成就了辉煌的过去，也必将用实干赢得美好未来！

（原载《神华能源报 · 宁煤版》2022 年 9 月 13 日　梁瑞宁）

故乡的山杏花

我出生在贺兰山脚下的一座矿山，矿山的名字叫白芨沟矿。白芨沟矿只有一条坡度较陡的路，是拉煤车的必经之路，路上经常撒满了煤渣，一刮风就会有煤灰飞扬。

听到这些，你是不是就不想来白芨沟矿了呢？千万别这么想，白芨沟矿虽然煤灰多了一些，但怪石嶙峋的山峰和别具一格的山杏花还是为这里增色不少。尤其是山杏花开的季节，整个矿区都飘着山杏花特有的香味，那粉红的花朵更是惹人爱怜。

当三四月份来到白芨沟矿时，你会发现山杏花开了，那粉红的、粉白的小花，千姿百态，挤着、笑着、闹着，争相把春的讯息传递给矿区的人们；淡淡的花香引来成群的蜜蜂，嘤嘤嗡嗡，热闹非凡，给矿区带来了勃勃生机。如果恰好赶上一场春雨，那就更是别有一番景致了。细如发丝的春雨浸润着山上的杏树，杏树贪婪地吮吸着春天的甘露，舒展着嫩绿的树叶，开出一朵朵白里透红的小花。远远望去，山上仿佛披上了一片粉色的云霞，把白芨沟打扮得像一位清新秀丽的少女，走近花儿一闻，一股清香扑鼻而来，沁人心脾。再过些时日，小小的青杏就挂满了山杏树的枝头，青杏朝阳的一面先变成了黄色。渐渐地，整个山杏树上的山杏仿佛被画家涂上了黄里透红的颜色，远远望去，好像千万只小灯笼挂在枝头，加上绿叶的衬托，好看极了。

山杏树的生命力非常顽强，愈是干旱，愈是缺水，山杏花开得愈精神、愈秀丽。山杏树正是有了这种不畏艰苦、永不言弃的精神才能顽强地活下来，才能在恶劣的自然环境中生存，为矿区的人们带来春的多姿多彩。这使我不由得想到那些同样不畏环境艰苦、扎根在矿山里的煤矿工人，他们克服恶劣的生产、生活环境，迎难而上，为国家开采出丰富的矿产资源，为社会作出巨大的贡献，自己却一辈子在矿区，默默地奉献着。

我爱故乡，爱故乡的山杏花，更爱那些扎根在矿区的煤矿工人们!

（原载《华夏能源报》2009 年 10 月 19 日　孙浩南）

开往记忆深处的绿皮车

我最怀念家乡的夏天。在贺兰山腹地的汝箕沟煤矿，那里的夏天凉爽怡人。

念着家乡的山杏花，我计划了一次回家之旅，陪着父亲登上了从银川开往汝箕沟的7524次列车。火车上人不多，我和父亲找了一个靠窗户的座位坐下。

这是一列绿皮车，至今已运行了51年，是国内目前服役“最高龄”的列车。1971年，有着“太西煤走廊”之称的包兰铁路支线——平汝铁路建成。为解决贺兰山里煤矿工人的出行需要，7524次列车开始运行，成为这条线路唯一的普客列车。

7524次列车连接着矿山和城市。在那个年代，矿工和家属都要坐着这唯一一趟列车往返于矿区和家庭，因为逢站必停，也被人们称为“铁路公交”。这趟列车的票价也很低，仅为9.5元。

绿皮车缓慢地开动，如“慢镜头”一般带着我穿过银川平原，我看到了远处的贺兰山。

贺兰山被称为宁夏的“父亲山”不是没有道理的。千百年来，贺兰山并未因蕴藏着世界上最珍贵的太西煤而声名显赫，相反，是太西煤的知名度深深地掩盖了贺兰山的名望。这，或许正显示了贺兰山博大包容的胸怀，他不争名、不逐利，任岁月流逝，崇高而深邃。

千百年来，贺兰山成就了宁夏川，更孕育出“塞上江南”。而在将近一甲子的时光里，贺兰山北段的煤炭资源为祖国的建设和发展提供了充足的动力。

绿皮车缓慢地行驶着，经过大武口区，驶向记忆深处的家乡——汝箕沟。汝箕沟煤矿，是一座有着100多年历史的老矿，坐落在连绵起伏的贺兰山腹地。

青春的记忆，仿佛一次时空的穿越，回到九九八十一道弯的平汝公路。平汝公路依山而建，山上的芨芨草随风摇摆，零星可见的山杏花，以及蓝天上几缕轻纱般的白云，它们好像从来没有变过，还是那么熟悉。

时光退回到我的14岁，上高中时我就转学到山外的平罗县城读书。

20世纪90年代，上山的客车是中巴车。每个周末回家，只要车一进汝箕沟沟口，我就开始晕车，剧烈地呕吐。渐渐地，我把回家的间隔期拉长，两三周到一个月才回一次家。车行驶到这盘山公路上，九九八十一道弯，也许比这还多。拐弯、急转弯、上坡、下坡，汽车摇摇晃晃地缓慢行驶，我一次次呕吐，痛苦着、难受着，但每一次身体上的难受都比不过归心似箭的心。

这就是我最深刻的青春记忆。车行驶到大磴沟站，父亲给我讲起了他年少时的故事。

父亲还是个十四五岁孩子的时候，曾经带着比小他五岁的弟弟，也就是我的四叔，坐着这趟绿皮火车到汝箕沟煤矿去找我的爷爷。父亲记错了站名，把“汝箕沟”记成“大磴沟”，到了大磴沟站就带着弟弟下车了。

下去才发现，这里不是煤矿，而是一片农场，农民种的蔬菜绿油油的。那时将近晌午了，兄弟俩肚子饿得咕咕叫。恰好一位背着东西的大叔路过，父亲上前打招呼并说了他们的窘况。好心的大叔当即从背着的袋子里掏出两个馍馍给了父亲，这才解了兄弟俩的饥饿之苦。

这趟绿皮车，每天仅此一趟，只要下了车，就错过了。后来，父亲只能搭拉煤车进山才到汝箕沟煤矿。

时过境迁，父亲仍然记着当初好心人给的那两个馍馍，也许这将是一辈子的感激与惦念！

到达呼鲁斯太站时，父亲又打开了话匣子。他说，因为这里是乌兰煤矿的所在地，过去每天都有三四百名职工和家属在这个站台下车。随着乌兰煤矿关井，现如今坐这趟车的人越来越少了。

经过 4 个多小时的旅程，绿皮车终于到达终点站——汝箕沟站。

穿越时空，这列绿皮火车折射着一个煤矿小镇的时代缩影。这里，有辛苦的煤矿工人对久别亲人的殷殷期盼，有赴外地求学的莘莘学子对美好未来的憧憬，有身着红装的新娘与爱人携手人生的甜甜私语，有第一次乘坐火车的懵懂孩童放眼看世界的重重惊喜……几十年间，它见证了一代又一代人的青春。

我和父亲走下车，盼望已久的家乡到了。抬头看，汝箕沟上方的天空永远都是湛蓝湛蓝的，洁白的云朵如美丽的小女孩，在天空中跳芭蕾，处处灵动曼妙。

一眼望去，家乡全变样了。原来的汝箕沟煤矿已夷为平地，丝毫没有了家的影子。老菜市场的建筑只剩下车站没有拆迁。朋友又给我指向远处说："你家原来在篮球场下面的家属区，大概就在那个位置。"

顺着朋友指的方向看去，曾经熟悉的汝箕沟煤矿——生产和生活区的建筑都没有了，只剩下这贺兰山了。

临走前，我在汝箕沟无烟煤分公司办公楼门口拍了几张山杏花的照片。无论矿区怎么变化，山还在那里，山杏花还在盛开，家乡的记忆还在。

小时候，拼了命学习总想离开这个山沟沟。长大了，梦想终于实现了，在离开之后没有甜甜的喜悦，写满心底的是无尽的留恋和惆怅……

生我养我的故土，永远魂牵梦绕，养育我的家乡，根植于灵魂深处！

（原载《神华能源报·宁煤版》2019 年 9 月 19 日　张　慧）

长大后我就成了你

初心

故事要从20世纪40年代说起。1950年因抗美援朝急需军工，我的姥爷在辽宁抚顺参与了组建军工炭黑厂的工作，抗美援朝战争结束后，为支援西北地区工业建设，姥爷来到了当时条件十分艰苦的石嘴山矿务局基建处工作。也就是在这里，姥爷结识了我的大爷爷。大爷爷今年93岁了，祖籍安徽，是一名有着70多年党龄的老党员，先后参加过解放战争、抗美援朝战争，1956年转业来到石嘴山矿务局担任汽车队队长，姥爷和大爷爷他们一南一北，一高一矮，但却成了莫逆之交。

有一次姥爷骑自行车载着大爷爷去矿务局机修厂的基建工地。返程路上，就在两人激烈地讨论着怎样在保证建筑质量的前提下尽可能压缩机修厂的基建预算时，突遇沙尘暴，一路下坡的煤渣小路什么也看不清，自行车被狂风吹得东倒西歪。到了市区姥爷才发现大爷爷不知道什么时候不见了踪影。姥爷立即推着自行车折返，迎着飞沙走了近一公里才找到大爷爷，回到办公室两人都变成了“土人”。

传承

从预算员到煤矿设计院总经济师，克己奉公、廉洁自律的家风传承是姥爷始终秉持的初心。他总是穿着一身打满补丁的藏蓝色中山装，家中的书桌上摆满了各种概算书和一个磨得锃亮的算盘，笔墨纸砚更是一应俱全，一手漂亮的簪花小楷让这个七尺东北汉子显得书香气十足。每年春节都是姥爷最忙碌的时候，将写好的一副副对联挨家挨户地送上门去。一次，管办公用品的同事将笔墨纸砚送到家中，姥爷生气地说："退休前我都不占公家一分一厘，更何况现在我都退休了。这种东西以后不要拿来，几幅字我还送得起。"小时候常坐在姥爷腿上问："姥爷，你怎么不爱笑呢？"姥爷就眯缝着眼睛，硬挤出一丝略显尴尬的微笑告诉我："习惯了，工作中不笑才能严谨，不笑才是奉公。"

坚守

大学毕业后的母亲也成了一名光荣的宁煤人。妈妈说参加工作的第一天，姥爷就对她当面指导了一番："一定要记住咱们的家风，公家的便宜不能贪，忠正耿直的初心不能忘。"2004 年姥爷病重，组织上多次派人慰问和照顾，姥爷深感内疚，而此时我的爸爸作为援非医疗队专家，正在遥远的非洲执行任务。临终前姥爷拉着妈妈的手说："不要告诉小冯，让他安心在非洲工作，绝不能向单位提要求，也绝不能再给组织添麻烦了，丧事一切从简。"

那时候宁东能源化工基地建设的号角已经吹响，工作中一直出类拔萃的妈妈被选派参与宁鲁煤电公司建设。作为家里的独女，她独自料理后事，办理工作调动，照顾马上要参加中考的我，其中艰辛可想而知。那些日子，我从没见母亲掉过一滴眼泪，她说："虽然我现在是个孤儿了，但我父母的名字却永远印刻在宁夏煤炭建设的功劳簿上，我的每一份成绩都是对他们在天之灵最好的慰藉。"

由于离中考还有一个月，母亲常带着我到宁东，这片位于毛乌素沙漠边缘的能源化工基地，我第一次感受到了这里的荒凉与贫瘠，却也感受着建设者们热火朝天的干劲。我们住着漏风的临时板房，沙土常常掩住了大门。在沙漠中建电厂的环境非常恶劣，作为工程部唯一的女专工，妈妈在施工现场和男同志一样摸爬滚打，每天要在几十米高的锅炉钢架上爬上爬下。为了让我吃好睡好，母亲利用偶尔不加班的机会带着我步行四五公里去中心区改善伙食。那条尘土飞扬的“搓板路”每走一次都心惊胆战，没有路灯，周围都是野狗的叫声，工程车经过时掀起黄沙满天。

在一次回去的路上，一辆施工单位的皮卡车停在我们身边：“许工，带着孩子上来吧，我们捎你一段。”我心里正暗喜，谁知道母亲却果断拒绝了施工单位的盛情，“没事儿，我们自己走。”说罢，妈妈牵起我的手，翻过正在建设的铁路，她说：“人情就是今天搭一次车，明天吃一顿饭，必须得想办法还。如果开了这个头，以后我在施工现场还怎么能做到铁面无私呢？”年少的我还不知其中奥义，但却记下了那天夕阳下母亲笔直的背影……

赓续

2019年，我来到梦寐以求的煤制油分公司，来到“社会主义是干出来的”伟大号召发源地，来到仪表管理中心，成为像姥爷、母亲一样的宁煤人。综合办公室的工作多且杂，我们每个人都身兼数职。大检修时，我们骑着自行车为现场检修的员工送水、送餐；疫情期间，我们为员工解决住宿，做心理疏导；碰到大病致困的员工，为他们申请救助的同时做他们背后最坚强的“娘家人”……

我想，正是因为有这样数以千计为煤制油建设砥砺前行的追梦人，才成就了我们不断刷新油品产量的傲人成绩，正是因为有这样一代又一代信念如磐、意志坚定的宁煤人，才铸就了我们企业无坚不摧的信仰之魂。

今年，在煤制油实现安全生产两周年的日子里，我代表全体煤制油人站在建党百年的红旗下，发出了“请党放心，强企有我”的承诺。

红旗下，我的大爷爷、姥爷、母亲和所有老一辈宁煤人的身影在我眼前浮现，他们的初心由我们来赓续，他们的信仰由我们来传承。作为新一代的宁煤人，我们必将劈波斩浪、攻坚克难，不负父辈荣光。我想大声告诉他们：长大后的我成了像你们一样的人，宁煤如今的辉煌如您所愿。

（原载《神华能源报·宁煤版》2022年8月22日　冯　帅）

我的家乡

古有神秘西夏瓷窑遗址、朝廷贡品“香砟子炭”，今有国家地质公园灵武恐龙化石遗址保护馆，这些说的就是我的家乡——磁窑堡。

我生在煤矿、长在煤矿，已经把家乡的记忆镌刻在了心底，我对煤矿有着很深很深的感情，每每走在矿区厚重的土地上，都会浮想联翩。

距离银川市 56 公里处，矗立着一座古老的烽火台，周围散落着鲜为人知的西夏瓷器碎片，这片荒滩，就是神秘的西夏瓷窑遗址所在地，俗称“磁窑堡窑”。据《灵州志迹》中记载，大约在公元 1038—1227 年的西夏至元代，这里就出石炭，并开始生产烧造瓷器，建成了方城寨子，磁窑堡也因烧制瓷器而得名。说起宁夏煤炭发展史，磁窑堡拥有着开拓者的位置。它盛产的“香砟子炭”，曾一度成为清廷贡品。“香砟子炭”质地酥软，可团结成块，形状似砟片，使用方便，人称“香砟子”。新中国成立后，国家在此兴建磁窑堡煤矿，其产量猛增，成为宁夏煤炭生产的一面旗帜。“香砟子炭”因不粘结闻名全国，不粘结煤成为宁夏出口煤种，投入国家现代化建设。

1986 年，成立了磁窑堡煤矿，那时候也叫统配煤矿，开始大规模开发建设，随着矿区的建设，来自五湖四海的青年扎根这里。我们的父辈们在煤矿耕耘，不望富贵，不求闻达。他们的目标就是为祖国多出煤、出好煤。

那时的矿区虽小，但它是个完整的生活圈，充满了生机与活力。喧闹的集市、丰盛的餐点，绿树成荫、花香怡人的公园，丰富多彩的文体活动……灯光球场、电影院、舞厅、办公楼，这里曾是职工政治、文化、娱乐的中心。每逢节假日特别是春节，给矿工及矿工家属留下满满记忆，过年“十个十”、大年初一到十五的社火、花灯展、撒满矿区天空的烟花，还有街口的凉皮、羊杂碎都是我记忆开始的地方，也是我一生抹不去的记忆。罐笼把矿工运送到井下，把一车车煤从井下运上来，通过运输皮带到选煤楼进行筛选、装车，被送往全国各地。

2008 年，我的家乡磁窑堡因资源枯竭，被列为沉陷区，矿工们被分流至石槽村、枣泉、红柳等就近矿井，家眷也随之搬离矿区。

有人说，在不久的将来，谁还能记起曾经有一个出产瓷器和香砟子煤的地方？我说，不然。

2004 年，我的家乡不但在国内火了，更火到了国外。

2004 年 11 月，宁夏灵武发现特大恐龙化石遗址，坐标南磁湾。这个位于磁窑堡煤矿南侧、住着二百多户矿工的家属区，一时间和灵武恐龙一并成为媒体的炙热名词。美国、加拿大、法国、日本、俄罗斯、瑞典等国古生物专家专程赴灵武恐龙化石遗址参观。每天慕名而来的游客络绎不绝。灵武恐龙属梁龙类中罕见的叉背龙类，是侏罗纪中期大型蜥脚类食草恐龙，距今约 1.6 亿年。

站在家乡的羊肝子土质山梁上，我会联想到：1.6 亿多年前，磁窑堡一带气候温湿，地面生长着茂密的原始森林，森林边湖泊荡漾，水草丰美，成群结队的恐龙时而抬头远眺，时而低头啃几口肥嫩的青草，时而徜徉在美丽的湖泊中嬉戏，安详悠闲地栖息在这里。

2019 年 5 月 18 日，扩建后的灵武国家地质公园恐龙化石遗迹园区正式开园，对展现史前生态景观，研究西北地区远古时期地理、气候以及恐龙种属的繁衍、迁徙、灭亡及地球陆地板块漂移学说提供了珍贵的实物资料和重要的科学信息，同时，对我的家乡旅游业发展也起到重要作用。

随着信息化、数字化、智能化矿井的建设，矿工们的生活质量越来越高，从煤矿公房到福利性分房，从棚户区改造房到商业购房，见证了煤矿工人迈向幸福生活的轨迹。

这就是我的家乡，一个因煤而生、因煤而兴的地方，无论时代如何变迁，社会如何发展，都不会被遗忘。因为有故事，所以不被淡忘。

（原载《新宁煤》2020 年第 10 期　李萍娟）

变　迁

在我的家乡有一座山，让我朝思暮想，它的名字叫贺兰山；山里有条沟，让我魂牵梦绕，它的名字叫白芨沟；沟里有个矿，让我念念不忘，它的名字叫白芨沟矿。这里因生产举世闻名的“太西煤”而驰名中外，这里是中国煤炭最早走向世界的地方，这里因煤而生、因煤而兴。

我出生在一个矿工家庭，外曾祖父是20世纪60年代从安徽支援宁夏三线建设来到白芨沟矿的第一代建设者，外祖父是20世纪70年代参加工作的“矿二代”，母亲则是“矿三代”。爸爸常说，没有这座山、这条沟、这个矿，就没有我们一家，就没有我。

我家就住在离井口不远的地方。在我的记忆中，每天早上爸爸出门上班后，妈妈就会抱着我站在阳台上远远地看着爸爸和矿工叔叔们一起走进黑洞洞的井口。爸爸总是在进入井口前转过头来，向着家的方向挥一挥手。随着井架上一个巨大的转盘由慢及快地转动发出一阵刺耳的金属摩擦声，一条钢丝绳犹如巨蟒一般钻入地下，直到最后慢慢停下来，然后再一次由慢及快地跳动着钻出地面，如此反反复复。

2007年，我家享受矿区采煤沉陷区搬迁政策，搬到离矿区100多公里以外的城市居住，我也离开了这座山、这条沟和这个矿，直到2014年暑假，才跟随爸爸妈妈又一次回到了白芨沟矿。

刚一进入矿区，我就被眼前的一幕幕惊呆了。山还是原来的那座巍峨的贺兰山，但山坡上原本错落有致的一栋栋平房不见了踪影，取而代之的是一条条盘根错节的盘山道，一台台从未见过的巨无霸卡车穿梭其中；路还是原来的那条蜿蜒的盘山路，却不见了来来往往的运煤车，各式各样的私家车川流不息；学校还是原来的那所学校，却看不到操场上学生奔跑打闹的身影，只有一辆辆奇形怪状的车辆在轰鸣奔跑；井口还是原来那个井口，却被一栋崭新的房屋包裹得严严实实，再也看不到高高耸立的井架和进进出出的矿工，一条蓝白相间的长廊直通不远处的楼房，透过一侧的玻璃窗，隐约可以看见里面灯火通明、人来人往。

2020年高考结束后，我央求爸爸妈妈再带我到白芨沟矿的家里看看。这次的矿山之行，又一次颠覆了我的记忆。远处山坡上的盘山道没了，巨无霸卡车也不见了，一座座山头变得绿了起来，整个山坡变成了错落的梯田，山间岩羊跳跃，坡上碧草茵茵；马路上，街道两侧商铺、公寓、办公楼上的霓虹灯交替闪烁，让朦胧的夜色显得更加斑斓；曾经的家已经看不出原有的模样，只有墙面上那斑驳的印记述说着时代的变迁，讲述着老矿区曾经发生过的故事；井口处的房屋和蓝白相间的长廊依然矗立在那里，但“建设安全高效绿色智能现代化矿井”几个发光大字让它们变得更加耀眼夺目。我不禁问爸爸：“我们的家在哪里？”

爸爸笑着对我说：“时代在变迁，宁煤在发展，白芨沟矿也在变迁，也在发展，我们正在变得越来越好。”

（原载《神华能源报·宁煤版》2022年8月15日　张嘉仪）

我的“七彩幸福园”

这个因山石突出如嘴，故名石嘴山的地方，是一座典型的因煤而建、依煤而兴的资源型矿业城市，其矿区面积近57平方公里，是我国“一五”时期建设的十大煤炭基地之一。这里是宁夏的工业重镇，曾经支撑着宁夏工业的半壁江山，宁夏的第一吨煤、第一炉钢、第一度电都出自这里。这里是父辈奋斗过的地方，曾留下父辈的汗水。

然而，历经50年的强挖重采，这片矿区在开采出5亿吨煤炭、创造2000亿元工业产值、发出1500亿度电之后，资源枯竭了，土地沉陷了。56.8平方公里的矿区，沉陷面积竟达43平方公里。总面积9.1平方公里的7个巨型塌陷坑，最大沉陷深度24.39米，像张着大嘴的恶兽，随时都会侵吞大地上的一切生命……民房开裂了，空气污浊了，那些来自五湖四海在这片土地上奋斗奉献的工人们，一度失去了对美好生活的向往，人心暗淡了。

“那时候就想快挖多挖，支援国家建设，哪里想到会把地挖塌、把煤挖净？天天听着广播喇叭里说中国地大物博，大自然给我们的东西取之不尽、用之不竭……唉，那时使劲地挖，现在费力地治，不容易啊！”在惠农矿区挖了一辈子煤的干爸感慨地说。

“呀，老爸都有这意识了，真了不起！”文弟竖起大拇指嘻笑着打趣着他的父亲。

"咦，忘了住在裂缝的土坯房整天提心吊胆的日子？看不见那大坑的变化？"干爸有些着急地嗔怪儿子。

怎么能忘呢？那一年，我和文弟娣妹几人，步行到矿区的一位大伯家。那是一片建于20世纪六十年代初的平房，偌大的建筑群高低错落，高的几乎挂在半山腰上，低的这家的房顶好像被踩在了邻家的脚下。置身其间，有种喘不过气的感觉。

大伯拿出小甜瓜招待我们，这时我发现后窗的墙上裂着一道长长的缝。"唉，煤挖完了，地沉下去了，房子都斜了裂了。"看我注意墙上的裂缝，大伯解释说。

"那墙会不会……"我有些担心地问，真怕那面墙会倒下来。

"谁说不是呢，住在这就怕下雨刮风。"乐观的大伯一脸忧虑地说，"一下雨满地黑乎乎的稀泥下不去脚，一刮风刺鼻的气味呛得人喘不过气，真不知这日子什么时候是个头呢！"

那一天，香脆的甜瓜在嘴里没了味，那忧虑的脸庞深深地留在记忆里。

"现在啊，那里（沉陷区）就着地势修了湖，建了亭，铺了路，可美了。你呀，快去看看！"干爸的脸上露出自豪的笑。

终于有了成行的机会。初秋的九月，我们随着作协会员一行数人向着曾经的采煤沉陷区、而今的"七彩园"进发。

"看，那就是煤炭地质博物馆。"文友徐忠杰指着车窗外正在建设的一座大型建筑物说。

高大坚固的水泥框架矗立在贺兰山下黄河岸边的黄土地上，一座展示地质遗迹、矿山文化、沉陷地貌景观的矿山地质博物馆正在建设中。那将是一处回顾历史、展望未来、进行科普宣传和传统教育的新景观。我们不仅需要美丽的自然景观，更需要这样凝固历史记忆的景观。

车缓缓地驶进"七彩园"，展现在眼前的景物令人惊喜。

昔日的沉陷区里，火炬、山桃、沙枣、紫叶李、丁香、紫穗槐、侧柏，一棵棵彩叶树高低错落，在秋日的高阳下，彰显着新生树木的生机与无穷的魅力。几棵树皮皴裂的老树，像树家族中的老者，“哗、哗”有声地为小树讲着过去的故事，也像是站在原地等着栽种它们的主人，为老主人寻觅旧址回访旧地提供参照。红彤彤的大枣与金黄的小沙枣，挂在青绿的枝叶间，如翡翠般翠绿的西瓜躺在黄色的沙土上，等着被人采摘。波光粼粼的湖水映照着蓝天与青山，古朴雅致的凉亭等待着前来游玩的老人和孩子。

不远处，几位年轻人在拍婚纱照。望着那一张张年轻的脸庞，我猜想，他们可是采煤人的第二代、第三代？他们可知为开发这片土地父辈们付出的代价？他们可知那绿树美景下曾经是沉陷的采煤坑？

一切都在变，而变中又保留着不变。

看，3号塌陷坑内，几间红砖、木头建起的土坯房修成了矿工住房文化遗迹。7号塌陷坑，经过填埋和围栏保护，断续延长约2公里的地裂缝建成了地质景观。还有模拟矿洞、煤矸山遗迹……处处都在记录着采煤沉陷区的历史。

这是治理者们智慧的策划，站在沉陷区规划治理的巨大标牌下，心潮起伏，难以平静。

半个世纪前，来自全国各地、操着南腔北调的人们，为了支援国家建设，为了早日挖出煤，他们像愚公，生命不止挖山不止，父亲老了，儿子顶上来。半个世纪后，他们的子孙又以同样的精神与毅力，重新建设打造这片被破坏了生态的土地。“我们有决心和能力在戈壁滩上造出一座绿色园林！”

2004年，在国土资源部支持下，一个“把消除地质灾害与生态环境建设结合、把生态治理与发展高效农业结合、把项目实施与当地长远发展结合”的矿山治理思路形成并开始实施。

2010年5月，石嘴山市惠农采煤塌陷区被国土资源部授予“石嘴山国家矿山公园”称号。

“真没想到，在有生之年看到自己挖煤的地方，变得这样美、这样好。”一对年老的夫妇相互搀扶着对我们说。

山在一天天变绿，水在一天天变清，地在一天天平整，天空也格外湛蓝……从沉陷区到“七彩园”，沧桑已成过去，未来可期。

“七彩园”，我们的快乐园、幸福园。

（原载《神华能源报·宁煤版》2022 年 9 月 13 日　张福华）

04

站在光里

Zhanzai Guangli

贺兰山深夜的星空，你可曾听过

约好了伴，是贺兰山，到他的山顶去听星星。

路上除了看到了风景，还可以听到许多人的故事。

定情的星星

攀爬在贺兰山千米长的栈道上，云朵近在左右，真怕粗重的喘息惊扰了云朵。

斜倚半山腰，山风追来，抓一把头发，又躲闪到了人的指头缝和衣襟里，吹得衣衫猎猎，云光舞动。

一对夫妻远远地走来。妻子几步一扶栏，步履踌躇，丈夫拄着拐杖观路，脚步蹒跚。身边擦过几个青壮之人，个个升腾阔步。

妻子摆手告饶，丈夫却横持了拐杖，拉拽着妻子，一前一后舒缓着前行。一对山雀飞至近前，温柔地啁啾，为夫妻俩加油。

一根拐杖，助力着夫妻俩攀爬。牵行一段路后，妻子又自告奋勇换在了前面走，拉拽起了丈夫往前走。

场景如此熟识，河水洼地里，单腿站着的水鸟，就是这样交替着双腿调息。

这是一种新颖的牵手方式，经过岁月的人才会懂。

这不再是怦然心动初恋时牵的手，不再是你侬我侬热恋时牵的手，不再是信誓旦旦契约时牵的手，这已经是熬过岁月经过时间依然牵着的手，舍不得再走丢走散的手。

山门前，夫妻俩并肩而立，深情地凝视，这样的攀爬不合适他们了，可牵手走出的每一步，都是天蓝云白风清的欢喜。

暗哑的拐杖站在他们的身畔，此刻发着光。

当年发光的那个夜里，有一对人儿相依偎，一辈子只认准了一颗定情的星星。

山风吹过，贺兰山涧，松涛有声。松涛和松树懂得这种浩荡的深情。

唱歌的星星

松涛山庄前遇到了十几个盲人，依次搭臂而行。他们面庞清秀，眉眼里跳动着欢快的火苗。

十几个年轻人走累了，围坐在一棵松树下，弹起了吉他，唱起了轻快的歌，松木之香氤氲着。

匆匆赶行的人们不自觉中都停下了步子，倚石傍树或席地而坐。天地间就有了个豪华的露天音乐厅。天为宇，地为席，风为幕，配乐自然是松涛、草香、虫啾、雀鸣。

人们宛若伴着叮当作响的清泉，洗亮了眼，洗通了耳，洗清了嗓子，满腔的清气，招引来了只轻快的小鹿。

人群欢笑着、哼唱着、互动着，飞虫在人群中穿梭着张罗，嗡嗡地参与合唱，大方得很。

歌声在石头缝中、草棵子上跳跃，纯净的声音震颤到了山谷，仙侠中的雾气就快乐地荡了出来,200多公里的贺兰山延绵起伏，浊气下沉，清气自升。

不少人终记起了爬山的初衷，目的地不是山顶。

十几个盲人是“宁夏星河盲人艺术团”的歌乐手。

星河艺术团，多美的名字。星河星河，贺兰山巅，深夜有星，星阵成河。

歌声缭绕中，十几个盲人又搭着肩往上攀爬。满脸满眼的欢欣，好像盛装去参加今夜星宴的一群星星。

我们都是为看星空而来的人。

故事里的星星

人生如爬山，朝着山顶走，却总在山腰间吹风。

还好，每个人都在期待夜晚的梦，黛蓝色的贺兰山山顶上，有一弯浅浅的新月，还有繁星。

山终于至顶，帐篷架起来后，今夜有了归属，人都安静了。山风也敛住了脾气。

夜，湖水一样澄了又净，净了又澄，终于平滑得像块绸缎子。

星星才像一群群小鸡一样跑了出来，幽静的天幕像是大草场，草丛中会藏着好多肥美的蚱蜢，星星们一动一动地在啄虫子。

有一大家子也在山顶住下了，看星星。

小孩子看到小鸡一样的星星就叫喊了起来："爷爷，爷爷，你见过星星没有？"

"呵呵，爷爷年轻时天天都能数星星呢。

"爷爷刚从山丹矿来时，这大山中的白芨沟矿还没睡醒呢，一间房子也没有。我们就在山坡上或是坡地上，挖出个大土坑来，再用茅草、树皮在坑顶上搭个顶子，顶子上简单盖层土，就是住家了。我们那会叫这种房子地窨子。"

"爷爷挖一天煤上井，骨头都累散了架，往土窑子地上的木板上一躺，真是舒坦呀。那时每天都能隔着房顶缝缝，看星星，数星星，算着这个月能挣多少钱，啥时候能把你奶奶、爸爸接到身边来。"

"数着数着，星星有时候变成了雨点，有时候变成了雪花，有时候变成了沙子。星星变着变着，爷爷呼噜就打起来了，星星就不好意思调皮了……"爷爷在宠溺地不知是对旧识的星星们说，还是对这个好奇的孙子讲。

"爸爸，爸爸，你看过星星吗？"孩子意犹未尽地热闹着，好像他是从天上跳下来的一颗小星星。

"看过呀，井下的煤块子闪亮闪亮的像星星，打眼放炮时，流煤飞泻像流星。还有当年你爷爷下井照亮用的煤油灯、电石灯也都是当年的小星星。现在的星星长大了，挂在我们矿工帽上，这矿灯锃亮锃亮的，是一盏盏启明星。井巷子里现在还有了银河系，到处亮光光的，爸爸和工友们再也不用走夜路，找星星点灯了……”

爸爸没说完，小星星就跑了，他有些不信爸爸的话，银河系怎么能在井巷子呢，它们明明就在贺兰山上，伸伸手，就可以摘一颗下来，挂在自己的帐篷中。

“妈妈，妈妈，你看过星星吗？”小星星困了，向妈妈撒娇。

“看过呀，星星就是崽崽你的眼睛。”

周围其他的人，都笼罩在星光的皎洁里，觉得一家子的低语很应景，今夜星星的兴致很浓，很浓。

贺兰山也静静地听着一家人的星星故事；

那群年轻的乐人该听得到星星流水的动响；

那对牵拐杖的夫妻该听得到星星轻轻的呢喃；

贺兰山中的夜那么安静祥和，足以让人听得见星星；

贺兰山脚下的人爱着这座大山，贺兰山上的每块石头都爱着这些善良美好的人们。

贺兰山深夜的星空，你可曾听过？

（原载《神华能源报》2020 年 7 月 24 日　张　弘）

春光恰好，宁煤正年轻

甲子宁煤，少了懵懂多了睿智，褪去青涩添了沉稳，是一个国企奋进、致力民族自强的缩影，如一段破茧成蝶飞进舞台中央的进化，60 余载光阴伴着生生不息、信念的铸就、文化的养成，每一个宁煤的昨天都与今朝一般流光溢彩。更大的使命、更新的征途都在召唤一个更强的宁煤，60 岁的宁煤恰好年轻!

一

时间是一种充满魔力的尺度。人们常因时间而感怀，不仅因为时光是忠诚的见证者，更因它是伟大的书写者。

“社会主义是干出来的”，信仰的火种，在这片热土上久久未熄，传承与接力，在代代宁煤人手中从未停止。

这些名字，我们或许不太熟悉，但重温他们的故事，却每每让人震撼：

许正保、邵福喜、张建华、安建国、段俊山、郭永军、睦珍宝、孙建国，1995 年 9 月，于在原石嘴山矿务局二矿进行的重大瓦斯爆炸抢险中集体牺牲。年龄最长者也仅仅 41 岁。

韩进朝，1929 年出生，1987 年去世，26 年如一日坚持井下采煤，年年出满勤、班班干满点，先后 15 次为保护工友生命安全、抢救国家财产而受伤。

谢富林，1935 年 1 月出生在安徽当涂。1957 年，他响应国家号召，主动请缨到最艰苦的西北地区工作，投身石嘴山矿区开发建设。

更多的宁煤人，他们的名字已经难以寻找，他们的事迹也难以还原，唯百米地层深处记取，唯滚滚的乌金见证。他们的精神，早已汇入了长存的浩气之中，与国家民族的脉搏一起，永恒跳动。

“没有理想，红军连一千里都走不了。”当年经历了二万五千里长征锻造的红军老战士道出了对共产主义坚如磐石的信念，而这样的论断依然适用于 60 多年光阴中不断奋进的宁煤人。

响起的掌声犹如时光穿梭机一样，把人们带到了过去那个激情燃烧的岁月。他们把青春与生命永远献给了属于他们的事业，为了什么，这也许就是信仰所激发出的坚毅力量。

当这所有的一切汇成一句，那就是“家国情怀”，并且已经深深地融进了他们的血脉之中。

煤炭是新中国工业发展的“菜园子”。20 世纪 50 年代初，周恩来总理指示原国家燃料工业部勘察宁夏煤炭资源情况。宁夏石嘴山不单是一个简单的地理坐标，这里煤层厚，开采条件好，开发前景乐观，且靠包兰铁路规划建设，与内蒙古交界，既能解决包兰铁路用煤问题，又利于兼顾输送酒钢和支援兰新铁路的开发。

国家的需要就是最高的革命理想。到祖国的大西北去，信仰的锤炼，意志的锻造，激荡着永不言败的革命乐观主义豪情。出发，出发！向着理想豪迈进军。前进，前进！信仰支撑他们前行。

1956 年，来自祖国四面八方的建设者肩负着为新中国建设多出煤、出好煤的使命来到了宁夏，相继拉开了石嘴山矿区、石炭井矿区建设的序幕。白天迎风沙，晚上住破庙，在最清苦的岁月里，他们建起了矿井。

1964 年，石嘴山二矿技术员欧阳伦首创厚煤层、特厚煤层倾斜分层金属网假顶铺顶网新工艺。1965 年原国家煤炭部将这一新技术在全国推广取得了显著的经济效益。

石嘴山，被誉为“宁夏煤炭工业的井冈山”。在那个人拉肩扛、打眼放炮的时代，这里先后创出煤层炮采工作面单产能力为 2.7 至 3.3 吨 / 平方米、2.1 至 2.7 吨 / 平方米的多个全国第一。

建设者们的无私奉献，为新中国包兰铁路、兰新铁路、包头钢厂、酒泉钢厂的建设作出了巨大的贡献。

60 多年过去了，红色的脉搏在宁夏大地依然强劲地跳动，红色的基因在一代又一代宁煤人的接力中不断开枝散叶，乌金之光始终照亮着正确的精神航道。这是什么？这是属于宁煤人特有的“根”与“魂”，而这种“根”与“魂”，与中华民族的精神命脉始终同源、同向。要想理解，唯有把它放入历史的、民族的、精神的大江大海中，才能发现，它拥有怎样的分量、蕴含怎样的价值、孕育怎样的未来。

二

人类不能没有理想，就像不能没有太阳。一旦胸怀理想，每个人都会成为太阳。

亘古荒原，谁也从未想到今天是如此情景，然而今天的情景就如当年想象一样，变成了现实。宁东，从走进人们视野的那一刻就注定了不凡。在这片滚烫的热土上，最早的拓荒者依然是肩负着国家使命的宁煤人，1985 年 7 月，拉开开发建设的序幕，正如夸父逐日般执着，如愚公移山般无畏，如精卫填海般豪壮，砥砺奋进的宁煤人在荒原上构筑起了现代工业文明的底板。

机遇总会眷顾那些勤劳而果敢的人们。在历史的峰回路转中，2002 年 12 月，2006 年 1 月，两次波澜壮阔的重组为宁煤真正打开了一扇通往未来的大门。

从现代化矿井群的建成到涉足现代煤制油化工，“煤好未来，油我创造”。在不断的求索中，宁煤人以信仰充实生命、以意志创造奇迹，2016 年 12 月 28 日，他们用心血和汗水完成了如史诗般一样的远征，完成了中国煤炭工业一次宝贵的心灵书写。

总结奋斗历程，“社会主义是干出来的”恰如其分。抚今追昔，在历史的每一次重要转折点上，每一次的重大抉择，始终没有离开国家的需求。

中国富煤贫油少气，宁煤人又一次把自己的奋斗与国家的需要紧紧连在一起。即使在全国煤炭市场处于寒冬时期，即使在外界一片质疑声中，宁煤人心中的这颗太阳从未陨落。

与南非沙索公司的“十年恋爱”、一句话、两本书、五个人、13秒跳车……诸多的过往，成为人们如今回忆时必谈的章节。

具有自主知识产权的“神宁炉”，获得15项发明专利，为我国在世界煤化工领域赢得了发言权；项目承担了37项关键和重大技术、装备及材料国产化攻关任务……

从“卖炭翁”到“卖油翁”的转身，从煤田走向油田的跨越，从“黑”到“白”的蜕变，宁煤人在世界范围内扬起的是中国民族工业智造的旗帜，宁煤人用60多年完成了一个永不坠落的理想，展现了一派正大沛然的气概，诠释了一种滴水穿石的坚韧，奏响了一首奉献当代的颂歌，写实了一曲民族精神的咏叹。

60多年，在宁煤人的心中，有太多太多的片段值得记忆。从“干打垒”“地窝子”到宽敞明亮的楼房，从自带干粮到营养搭配合理的班中餐，从步行下井到乘坐皮卡车下井，从大板锹到遥控器，真实而具体的变化就这样走进了员工的工作。

小汽车不再是梦想，“五险两金”带来的不仅是一份保障，更是一种尊严。发展依靠员工，发展最终惠及员工，“社会主义是干出来的”“幸福是奋斗出来的”，而这一切在宁煤人的当下和过往都得到了集中体现。

“空谈误国，实干兴邦。”实践证明，任何伟大的事业，都始于梦想而成于实干。回首既往，我们攻坚克难、屡建奇功，除了实干，别无捷径。展望未来，实现第一个百年奋斗目标胜利在望，中华民族积蓄的能量已久，正在爆发出来去实现伟大的中国梦。多一分实干精神、少一分空谈之风，立足本职接续奋斗，我们必能为实现中国梦汇聚起磅礴力量。

三

历史，是人类记忆的年轮，连接着昨天与今天，定义着过去和现在。在关键的时间节点回望历史，是拥抱未来最好的姿态。

每一次成功都意味着新的出发。一个人的幸福，需要实干来托举；一个国家的梦想，更离不开实干去支撑。无论个人还是集体，要想赢得光明的未来，就必须与历史同步伐、与时代共命运，自觉避免做犹豫者、观望者、懈怠者、软弱者。以“自信人生二百年，会当水击三千里”的勇气闯关夺隘，以“暮色苍茫看劲松，乱云飞渡仍从容”的定力笃信实干，方能不断开辟新天地，创造新奇迹。

2018 年是改革开放 40 周年，2019 年是新中国成立 70 周年，是全面建成小康社会关键之年，是宁煤人推进转型发展重要一年。抚今追昔，在每一个发展的关键时期，宁煤的行稳致远都离不开党的领导、国家的强盛和员工的实干。

国有企业是推进国家现代化、保障人民共同利益的重要力量，是党和国家事业发展的重要物质基础和政治基础。建设具有全球竞争力的世界一流示范企业，是新时代国有企业肩负的历史使命。

新时代、新使命、新担当，在前进路上，宁煤人既要做到仰望星空，更要做到脚踏实地，接续奋斗，不断推进高质量发展。

要时刻按照党中央国务院的总体要求及国家能源集团的总体部署，找准目标定位；要牢牢遵循党建强企，建设强根固魂的世界一流企业；要紧抓机制强企，建设制度完善的世界一流企业；要始终坚持创新强企，建设竞争领先的世界一流企业；要不断推进开放强企，建设合作共赢的世界一流企业；要培育人才强企，建设人才高地的世界一流企业。

我们应以更加宽广的视野，深刻认识新时代，更加积极主动地学习宣传贯彻习近平新时代中国特色社会主义思想；我们应以更加饱满的热情，大力讴歌新时代，找准定位、立足岗位，自觉肩负起应有使命；我们应以更加进取的状态，积极投身新时代，以锲而不舍的韧劲，发扬钉钉子精神，一锤接着一锤敲，树立“功成不必在我”思想，一步紧跟一步走。

总结过去的60多年，“不忘初心、牢记使命”，是我们最成功的经验和启示。躬逢伟大时代，宁煤人都应该努力在继往开来的崭新实践中干在实处、走在前列，努力成为时代的弄潮儿和历史的创造者。

（原载“宁夏煤业之声”公众号2019年2月19日　马　卷）

满园春色闹海棠

四月，春风极尽奢华地在天地间挥毫。此时，心绪追赶节气，节气渲染文字。当那意境萦绕得不能自已时，必会奔向心的彼岸去宣泄，而我的彼岸是一个熟悉得不能再熟悉的园子。

偌大的画布惬意地舒展在园区，从云端俯瞰，风如丝带般托举着这方舞台。机器蓬勃写意，作业行云流水，天地人就那么自然和谐交融，翩跹起舞，好一幅北国春色。而这却非画境，它是我工作了 30 年的太西厂，同我一样为这春色感动鼓舞的还有几株海棠。

那是 1990 年种下的西府海棠，也算是厂区“元老”了，同几代太西人一起栉风沐雨，早已化为太西魂。但凡从这厂区走出的人，无论身在何处都无法磨灭这段海棠情。

抚摸那枝那叶，仿佛开启一部有声的厂史。还记得星火燃起，白发轻吟，黑发畅想，海棠与前辈们共同许下心愿，那梦挥着翅膀跃上巨人肩头。我们便大步流星从太西走向宁煤，从宁煤走向神华，从神华走向国家能源集团，厂区外沿越来越宽，最终成了颇具规模的工业园。在这不断升级的园区里人们勇往直前，创新比拼，每一度披挂上阵都会鼓动一轮又一轮春潮，推动一拨又一拨春色。今春，海棠早早鼓起花苞，和柔柔的阳光牵手而来，致敬生命，抚平伤痛。奇妙的光合作用如人间大爱，撒下一路歌一路情，让逆境中奋战的人们，宛若百花吐蕊自成一景，彩绘出更美的春色。放眼望去，海棠如人、人如海棠，在苦雨疾风中搏击怒放。

凝望满园春色，人们摩拳擦掌去赶海，去绽放，好似万事万物都盛装上阵，那海棠树更是按捺不住激动的心绪粉黛登场。一时间厂与人、人与花相映相衬，只此一隅便知山河无恙，美丽中国动力强劲。

园区的春色澎湃着希望，把国运、企运与家运紧紧连在一起。望见海棠便望见集结拼搏的人们，望见人们便望见感恩春风的海棠。那天，海棠树下开了个会，是青春的聚会。刚进厂的大学生们，谈论着怎么开启未来，他们是带着使命来的，立志要在这里做成一件事，一件与专业和命运相关的大事。不错，他们是一批弄潮儿，枝条叶蔓听着他们的悄悄话，似乎也倍受启迪，更加奋力成长。

还有那些银丝回潮的追忆，喜看厂区新变化，当年的懵懂少年在海棠花下数星星。海棠啊，你知道的，他们把花语融进你的梦，青春作伴，昼夜不息。飞翔啊飞翔，许多梦熟透了，依然不舍离去，那心那神就驻在花枝间，成了最美的守望。朝朝花开花落，代代接力相传，还是这园子，还是这花潮，却澎湃着、畅想着更加高远的未来。

日升月落，心海茫茫。莫道不相逢，花开人自来。看东风袅袅，花铃声声，那是今春出发的号子，是新人进厂的集结令，是攻坚克难时鼓舞的战旗，是收获，是奉献，是礼赞！

那年，洗煤班长小刘就在这树下接受致敬，他荣获“宁夏煤业公司十佳班组长”，和妻子一道开回一台小轿车，胸前的红花衬得海棠分外娇艳，庆功的话儿、幸福的祝愿，又种在海棠树下，当小刘变成老刘，执着犹存，情愫悠长。

又一年，海棠树下鼓乐鸣，厂里捧回“国家科技进步二等奖”，迎接的队伍、亢奋的彩旗和拱门，就在这树下一起狂欢。脸上印着春花，春花里盛着甘甜，整个园区斟满美酒狂歌痛饮，芬芳的话语醉了宁煤，醉了宁夏，醉了大江南北。春华秋实三十载，海棠情结犹如山岚盈盈，唤来更多追梦人。

就在那花下，行业专家来了一拨又一拨，生产线上的乌金之花与海棠并蒂，让人们在这片沃野上看到了神奇的力量，这是太西煤和太西人的能量，是宁夏煤业公司的能量，年年岁岁愈久弥香。

还记得那年，“心连心”艺术团在这里放歌，来自北京的问候绵延环绕着海棠，艺术和人民心连心，太西人踏歌而进。这园子啊，也跟着煤炭十年低谷、十年兴盛，起起落落，所有这一切都被海棠悉数收藏。春华、夏晖、秋实、冬蕴，她像家人一样与我们携手前行，向着那海浪的巅峰，向着那低谷的考验进发，逆境不弃，寒暑不怯。在我们心灵深处轻吟希望的歌谣，忘不了那半开时节的妖娆，忘不了那怒放的恢宏，人养花，花养人，满园春色酿佳境。

还记得那些亲切的话语吧，那是国家领导来厂视察时的殷殷嘱托，张张笑脸片片情，那都是春潮，是喜雨，是这园子做大做强的力量；还记得那些莘莘学子吧，他们是太西的未来，每年升学季，孩子们都在这树下捧着光荣证与父母、与父母的企业合影，之后带着满满的期望出发，那都是海棠情，是富国强民的后援；还记得那隆重的入党宣誓吧，还记得那向国旗敬礼的激越吧，还记得那声势浩大的准军事化检阅吧……太多的欣喜你都分享了。海棠啊，你知道吗？这片土地的温度，就是这里人文的深度，是这里文化的厚度。我们数着你的年轮与时代同框，与未来合辙。

又一阵春风抚过，脸颊润润的，花瓣吻过额头，我听见满园涛声，海棠在花潮中痴行。前方的路很长，或许还有艰险，但有你这资源“老将”，春天总会来。待到又一轮梦盛开时，我们在树下静静听那花果吟诵海棠情。

（原载《神华能源报·宁煤版》2020 年 4 月 16 日　赵玉林）

春到矿山

当江南水乡春光旖旎、莺歌燕舞之时我的矿山仍保留着冬日的沉寂；当黄土高原披上翠绿的新装，再现塞上江南的风姿时，我的矿山仍不见丝毫春意；当山外绿树成荫、杏凋桃谢之时，从高峻的山崖、陡立的峭壁上，我终于寻觅到一片骆驼的新绿、一抹山杏花的绯红。

矿山的春啊，你终于走进了我的眼睛。也许是冬太过漫长，也许是心承受不了太多的冷漠，矿山人盼春，早已将心盼得如同戈壁滩上的胡杨一般焦渴。

矿山人爱美，爱得满山遍野的山杏花像六月里的石榴一样开得火热。“江南好，风景旧曾谙。日出江花红胜火，春来江水绿如蓝。”江南的春色，不能亲眼目睹，只能在诗词中领略。矿山的美景，虽不及江南的好，但却可以用心去欣赏、去品味。

春天的矿山，在和煦的阳光下，显得那么变幻多姿、耐人寻味。你看那一抹俊秀的山脊，在湛蓝的晴空里，勾勒出一条优美的曲线，虽然简洁朴素，但却显得那么自然、和谐，充满了诱人的魅力。而且，春天的矿山，在不同的时间，还可展现出不同的姿彩。清晨，在淡淡的晨曦里，它如同海水一般蔚蓝；中午，在炎炎烈日下，它又如一张矿工的脸，泛着健康的古铜色；而傍晚，在微薄的暮色中，它泛着幽幽的、淡青的光芒，犹如一泓幽静的清泉；夜里，在皎洁的月光下，它又如采煤队的黑小伙一般沉稳、刚健。春天的矿山，虽没有朝云暮雨的浪漫情怀，但却以它独特的魅力，投入到矿山人的胸怀。

初春的矿山，绿色很少，春的足迹，需要你用心去寻找。那一棵棵小草，不知何时从坡脚岩缝中钻了出来，由于缺少雨的滋润和洗涤，她们那墨绿色的叶片上，蒙上了一层厚厚的灰尘，如果不是特别留意的话，很难发现她们的踪迹。尽管无人欣赏，小草们还是在清凉的山风中舒展着瘦弱的手臂，为矿山的春色添上淡淡的一笔。

矿山上榆树不少，他们都站在高高的岩壁上或沟壑里，迎风而立，像一面面墨绿色的旗帜，在风中微微摇摆。偶尔有几株白杨挺立于路边，山风袭来，那还不甚宽大的叶片欢快地挥舞着，发出哗啦啦的、清脆的声音，让矿山的春天由此生动、明媚起来。

春天的矿山，最惹眼的，还要数那漫山遍野的山杏花鲜艳的绯红。暮春季节，山下的桃花杏花早已开败，而矿山上的山杏花却由于春的脚步姗姗来迟而刚吐芳姿，为春天的矿山抹上一道淡淡的红晕。

山杏花小，自然没有桃花杏花那么娇艳。山杏花香味淡，也自然不会有多少蜂儿蝶儿留恋。尽管如此，山杏花从来也不艳羡别的花儿，依然坡脚峰顶，一片片、一簇簇，开得到处都是。她是矿山春天里的主角。山杏花虽小，但却很美，因为此时别的花儿早已凋谢，唯独她刚刚盛开，独领一山的春色，你说，她能不美么？“人间四月芳菲尽，山寺桃花始盛开。常恨春归无觅处，不知转入此中来。”我想山杏花正像诗中所说，她虽比不上别的花儿那样娇美，但却可以在人们叹惜春天短暂、稍纵即逝的时候，让人得到一丝意外的惊喜。

我想矿山的春天，正像山杏花一样，来得虽晚，也不甚娇艳，但却别有一分清香，别有一分魅力。你看那些沐浴于春风里的野花野草，她们在干涸坚硬的岩缝里、石壁上扎根、生茎、开花、结果，用她们顽强的生命力，为矿山增添一分生机，为人间捧出一分美丽，这不正是千百万煤炭工人的真实写照吗？

（原载《宁夏煤炭报》2003 年 5 月 21 日　周　岳）

六十年六十人

60年一甲子，60年时空飞度，60年光阴积淀。宁夏回族自治区60年的岁月变迁，成就了60年的沧桑巨变。60年前，伴随着宁夏回族自治区的成立，宁夏煤炭事业从无到有，迈开了砥砺奋进的步伐。从石嘴山矿务局第一口井的开采，到合并组建宁煤集团的改革探索，从原神华宁煤集团主营业务向煤化工领域的成功转型，到国家能源集团宁夏煤业公司重组后向国际一流煤化工企业的昂首挺进，60年来，在国家、自治区的亲切关怀和大力支持下，一代代宁煤人团结一心、矢志奋斗，描绘出一幅幅波澜壮阔的生动图景。

回眸来路，万千人、万千事、万千成绩、万千精彩、万千辉煌纷至沓来。在这段注定被历史铭记的发展轨迹上，有这样60人，无论他们是“恒星”长久闪耀，还是“流星”瞬间划过，他们都曾经或正在为宁煤的发展作出不可磨灭的贡献，都曾经或正在给我们无尽的感动和激励。他们以使命在肩的浩气、英姿勃发的朝气、勇于创新的锐气和不甘人后的志气，为宁煤的发展作出了重要贡献。在他们每个人身上，都有一种让人心灵震撼的精神力量，他们的事迹和精神让我们永远铭记在心，不断弘扬传承。他们是时代先锋，他们是时代楷模，他们更是宁煤发展的榜样和力量。

2016年7月19日，习近平总书记在宁东能源化工基地视察时，发出了“社会主义是干出来的”伟大号召。这一号召激励着宁煤人埋头苦干、真抓实干，取得更为丰硕的成果奉献给党和人民。新的时代已经在我们面前徐徐铺展，需要我们每个人在自己的岗位上努力奋斗，也呼唤着众多先进典型引领我们奋勇向前。我们要以永不懈怠的精神状态踏上新征程，以一往无前的奋斗姿态成就宁煤的美好未来。

进入新时代，国家能源集团的重组，为宁煤人建功立业搭建了更为广阔的舞台，描绘出了更加灿烂的愿景。新的征程，新的使命，我们要继续并肩携手，开拓创新，沿着改革开放的道路走下去，凝聚磅礴力量，向着把国家能源集团打造成为具有全球竞争力的世界一流综合能源集团的目标继续前进，以今天的奋斗成就明天的荣光！

（原载《新宁煤》2018年第12期　王　静）

中国力量

中华民族自古以来就是一个面对困难越战越勇的民族，因为我们敢抗争、不怕输，有顽强的毅力。每次灾难来临，我们不仅没有被打败，反而会变得更加强大。抗击新冠肺炎疫情，中华民族不是一盘散沙，而是短时间内形成爆发力，万众一心、众志成城。抗击新冠肺炎疫情，是全国人民一次史无前例的大动员，参与支援湖北前线的除了医护人员，还有人民解放军、民警、交警、快递员、送餐员、志愿者等，这种高效全面的大动员，在人类文明史上是罕见的。在这场“战斗”里，有人呐喊，有人祈祷，有人捐献，有人成为战士，就是这种凝聚的力量，让我们生生不息。自古以来，中国人都相信团结奋斗才能改变命运。每次到了关键时刻，大家都会拧成一股绳，一方有难，八方支援。毛主席说:“只有人民，才是创造世界历史的动力。”的确，从来没有从天而降的英雄，只有挺身而出的凡人。80后快递小哥汪勇，想着自己每接送一个医护人员可以为他们节省出4个小时时间，接送100个就是400小时。400小时，医护人员能救多少人？为了救更多人，他发起了志愿者团队接送医护人员，又联系摩拜单车解决短途出行，滴滴解决长途出行。他说，“我没有任何资源”，但是一呼百应，这就是团结的力量。

我们的英雄不是高高在上的大人物，而是千千万万个平凡的小人物。他们是医生、护士、农民、小商贩、快递员、司机，他们尽其心、出其力，他们没有功名之心，也不要任何回报，是发自内心的选择。勿以善小而不为，勿以平凡而小视。这种善行常常蕴含伟大的力量，无形当中影响很多人的行为。这次战“疫”中很多女护士，出征前剪断了自己的长发，原本娇气的女孩子，到了战场就英姿飒爽，这就是“女本柔弱，遇事则刚”。

老子说：“天下莫柔弱于水，而攻坚强者莫之能胜。”水性至柔，却无坚不摧，正所谓“天下至柔驰至坚，江流浩荡万山穿”。所以，这就是为什么中华民族能够传承五千年的文明，这就是中国人的凝聚力，这就是中国力量。

（原载《神华能源报·宁煤版》2020 年 3 月 5 日　宋青玲）

孙女给我颁“奖状”

2021 年春节正月初一上午，我们一家十几口人欢聚一堂，其乐融融欢度春节。突然小孙女姬悦慎重地拿出年三十晚上自己动手精心制作的“奖状”，说是献给我的节日礼物。奖状是用一张硬皮黄包装纸裁剪而成，周边用水彩笔添加了许多图案，既简约又庄重。奖状上写道：“姬宝君同志在 2021 年春节到来时，被‘直播银川’采访，是我们学习的好榜样。”落款是姬悦。我双手接过小孙女颁发的“奖状”，顿时热泪盈眶，百感交集。这是一份十分珍贵的节日礼物，是千金难求的。

2017 年 1 月退休后，我的党组织关系即由原单位转移到银川市金凤区上海西路银新苑南区社区。几年来，我始终以一个普通共产党员的标准严格要求自己，积极参加组织活动，努力践行一个老共产党员的初心。2020 年 5 月我被小区党员推选为党支部书记，履职半年多来，我时刻起带头作用，组织小区党员和居民义务参加新冠肺炎疫情防控、文明卫生城市创建等公益事业。在党内，我认真组织党员开展各类主题教育，组织党员考察红色教育基地，给他们上党课讲党史。按照上级党委要求，我积极配合社区党委组织“两委”换届选举，动员辖区居民参与基层社会治理工作，得到了社区党员居民一致好评。同年 7 月，我还被街道党工委授予“优秀共产党员”光荣称号。平时我除了带孙子做家务之外，读书、看报、写作、练书法、锻炼身体是我退休生活的常态。2021 年 2 月 9 日，银川电视台“直播银川”采访报道了我，褒奖我“离岗不离党，退休不退心”，肯定我是一位“退休的干部，没有退休的党员”。短短三分钟的电视报道，小姬悦看得认真，听得仔细，小小心灵受到了极大的震撼，她当即便决定要用独特的方式表彰我，所以就有了小姬悦大年初一给我颁发奖状的动人一幕。

我出生在革命老区陕北定边农村，骨子里流淌着共产党人的红色基因。太爷爷姬有宽 1936 年就跟随陕北老一辈共产党领导人高岗打土豪、分田地、筹粮款、闹红军。爷爷姬会德是陕甘宁边区定边县县长、共产党员丁子齐的学生，抗战时期他担任我党地下交通员，给八路军、游击队跑交通、送情报，掩护救治伤病员。1947 年只有 13 岁的父亲姬林周在胡宗南、马鸿逵进犯陕北的严峻恐怖形势下，毅然决然弃学从戎参加彭德怀、习仲勋领导的一野转战大西北，亲历三边保卫战、贺兰山剿匪、渭南除奸。1976 年 1 月，18 岁的我也光荣加入了中国共产党，成为我们家第四代共产党人。入党 44 年来，我十分重视培养和教育我的一双儿女树立远大理想，立志报效国家。他们也都争气，没有辜负我的期望，先后加入了党组织，10 岁的小孙女姬悦上小学四年级，她也早早加入了中国少年先锋队并担任少先队小队长。平时我们一家人议论最多的是国家大事、如何在各自岗位上爱岗敬业、努力工作学习，爱党爱国爱社会主义的强烈氛围，影响熏陶着小孙女。共产党员伟大形象、历史使命、远大理想在她幼小心灵里留下了深深的烙印，所以，才有了前面她给我颁奖的一幕。我一生从放羊娃到农村大队干部，从中小学教师到乡镇领导，从党政机关到中央企业，几十年来在党组织培养教育下一步步走向成熟，为党和社会做了点我应该做的努力，却获得过无数次褒奖，接受过无数次奖状。我相信，我们家第六代共产党人一定会在不久的将来闪亮登场。

（原载《神华能源报》2020 年 6 月 12 日　姬宝君）

到哪儿都是党的儿女

近日，按着党中央要求，我把我的党组织关系从企业退休办转到了现居住的小区党支部。从此，我将在又一个新的党支部参加党的生活。

参加工作多年，一直在一个企业工作，虽然经历企业几次重组改名，工作单位多次变动，我的党组织关系一直就在这个企业，这次转党组织关系是第一次。转党组织关系的同时，还要代交党员档案，于是我看到了自己45年前的《入党志愿书》《入党申请书》。翻看这些，不禁忆起当年入党的情景。写入党申请的急迫，培养过程的漫长，填写《入党志愿书》的严肃，列席参加党支部会议的紧张，入党宣誓的激动。重温的过程，使我对党的认识进一步提高，对党的信仰进一步升华。

我1968年参加工作，1975年入党。在煤炭企业工作了44年，退休也有8年之久了。从一个风华正茂的青年，到今日满头白发的老人，一生都奉献给了能源事业，对老企业、老单位难以忘怀。在这个企业加入中国共产党，受党组织多年的培养教育，不断成长和进步，我会铭记终生。我曾经是矿工党员，是退休党员，现在我是社区党员。变了的是容貌年龄、工作岗位、生活环境，不变的是赤胆忠心、党的目标、党的纲领。今天从企业到社区，对一个共产党员来说，就是从一个战场转战到另一个战场，从一个阵地转战到另一个阵地，从一个战壕转战到另一个战壕。在这里会有新的战友，在这里会有新的任务。

在哪儿都是党的儿女，牢记入党誓词，听党的话，永远跟党走，决心坚不可摧。到哪儿都是党的儿女，多做好事，多做善事，排忧解难，温暖邻里，就是为堡垒添砖加瓦，就是为党旗增色增辉。到哪儿都是党的儿女，积极参加组织活动，按时缴纳党费，严守党的纪律，家有家法，党有党规。

2020年，全国抗疫，全球抗疫，小区门前党旗飘扬，我不会忘。2020年，中国共产党成立99周年，9000多万党的儿女不忘初心、牢记使命、奋勇向前，我不会忘。2020年，我是社区党员，我不会忘！

（原载《神华能源报》2020年6月12日　靳光明）

光阴的故事

空气中弥漫着沙枣花香，浓郁的苦涩和清凛的甜香交织在一起，轻易就触发了人的回忆。

过去，我家老屋门前就有一棵沙枣树。

2002 年，我家还在原石炭井一矿，每天都要爬坡翻过铁道去上班。倾角四五十度的坡路是矿山人日复一日走出来的，长长的铁轨一直伸向大山深处，满载煤炭的火车一列列驶向远方，铁路两旁矿山人沿山而建的房子高低起伏、星罗棋布。

每当夕阳西下，炊烟就会袅袅升起。下班的路上，总会看到早班升井的矿工拖着一身的疲惫，肩上搭条毛巾，走向家的方向。

矿上最高的建筑是选煤楼。我刚参加工作的时候就是选煤楼上的一名选矸女工。在四面透风的选煤楼手选台上捡矸石，一个班下来腰酸腿疼，煤尘糊满了脸，一出汗，就成了大花脸。休息室简简单单，几条长条凳，中间一个大铁炉，到处都是煤尘……环境的艰苦、工作的劳累，让我更能体会到煤矿人的不易。

通过公开竞聘考入矿宣传科后，我的脚步踏遍了矿区的角角落落。坐着人车深入井下，再走一个多小时的路才来到采煤掌子面。十几斤重的摄像机，扛在肩上沉甸甸的，一趟下来衣服都湿透了。一想到和父亲一样的矿工数十年如一日每天都在这里奋战，就不觉得累了。

矿山人的故事朴实而深沉。我采访过一名采煤队工长，挖掘到他悉心照顾瘫痪妻子的故事，“你在哪里，哪里就是伊甸园”这句名言作为了文章的引子。“水泉巷，一个诗情画意的名称，但这里既没有水，也没有泉，而是一条坑洼不平的土石路……”这是描写一名井下矿工培养出两名大学生励志故事的开头。“从南大门到福利厂有一公里，这条路一般人走十几分钟，而他要走四十分钟。”这是写一个残疾人自强不息的经历……

我写的每一篇文章都源自内心的感动，矿山人的朴实无华、不事张扬，矿山人的吃苦耐劳、坚强坚韧都深深地镌刻在我的脑海中。

2006 年底，我调入宁煤电视台，成为银北记者站一名驻站记者。从石炭井矿区到汝箕沟矿区，在来回奔波中，在采访拍摄中，我丰富了阅历，提升了技能。

2008 年，我来到银川工作。7 月参加由宁煤资助的白内障手术公益医疗项目，我和同事们跟随北京医疗队专家深入南部山区进行采访。目睹了最小 4 岁、最大 92 岁白内障患者通过治疗重见光明那一刻的激动，从中感受到了企业的责任与担当。

2012 年，宁煤对评选出的“十佳道德模范”进行表彰。策划、采访、拍摄、颁奖，每个环节我和同事们都全力以赴，让宁煤那些默默闪光的平凡人含辛茹苦却义无反顾的善举为更多人所知。在这个过程中，我深刻体会到感动是一种力量，榜样是一盏明灯。

2014 年，宁煤承办全国救援技能大赛。我全程参与采访，记录下宁煤救护总队一举夺冠的拼搏进取与背后的艰辛付出。就是这样一支队伍，在 2021 年河南郑州特大暴雨救援中，闻令而动，表现出色。今年 5 月，这支队伍又参加在甘肃省举办的“应急使命 · 2022”演习，得到与会各方的肯定，一次次展现了宁煤人的责任与担当。

2017 年，在习近平总书记发出“社会主义是干出来的”伟大号召一周年岗位建功表彰大会现场，一项项科技项目、一位位感人模范、一个个先进事迹，让人感受到企业发展的强劲脉搏，感受到团结一致的奋进力量！

宁煤发展的二十年，从银北到宁东，从井下到地面，到处都是一派火热的实干场景。为了企业的发展，虽故土难离，但银北矿区员工仍义无反顾奔赴银南，在宁东这片热土上，国家千万千瓦级大型煤电基地建设阔步前行，“神宁炉”科技创新项目让世人刮目相看，绿色发展成绩斐然，智慧矿山建设为企业插上腾飞的翅膀。

这二十年，作为一名宣传工作者，从记者到编辑，从电视到报纸，再到杂志，我始终跟着企业铿锵奋进的脚步。从矿山到煤化工、煤制油，我深入基层，跟进采访，沟通心灵，拥抱每一个崭新的早晨，写下每一行跳动的文字，传达每一份炽热的感动。

如今，煤矿已没有选矸女工这个岗位，这是时代的进步、企业的发展，但我不会忘记，选煤楼是我工作的出发之地。

今年“五一”，我特意回到了久违的石炭井。站在铁道上眺望选煤楼，走下路基寻找我的老屋。选煤楼寂静地高耸在那里，而老屋早已夷为平地，种上了一片小树林。记忆中的沙枣树不见了，土地里也找不到片砖只瓦，曾经的喧嚷仿佛从未出现过。

罗大佑《光阴的故事》有这样一句词：光阴的故事改变了我们。是的，光阴改变了景象，流走了声音，湮灭了故事，沧桑了容颜。但，我们是矿山儿女的初心不会变，即便现在，即便将来。

（原载《国家能源》杂志 2022 年第 7 期　单素利）

我本微小　但不渺小

作家林清玄曾经说："如果内心的蝴蝶从未苏醒，枯叶蝶的一生，也只不过是一片无言的枯叶。"如果你有太多想追求的东西，你会遵从自己的内心吗？还是像枯叶蝶以枯叶的外形做伪装？如果为了生存，一只从不显示自己美丽和活力的蝶，就像一片从未绿过的枯叶，一生毫无意义。我本微小，可我宁可做能完成梦想的人，而不愿做无梦想、无作为的人。

2019 年，我像开启了"华丽乐章"的快进键，从一个平凡的煤矿工人被人们熟知。这一年，我先后为国内一名白血病患者捐献造血干细胞和淋巴细胞。很多人的第一感受就是你的身体没问题吗？是不是在透支自己的健康？在专业医学术语里有这样一句话："我们不会牺牲一个健康人的身体来挽救一个病人。"我现在很健康，捐献造血干细胞无损身体健康在我身上得到了最好的诠释。

从上大学到现在，献血是我一直坚持的一件事。在 2016 年的一次献血中，我申请加入了中华骨髓库。2019 年 1 月 11 日，我前往西安完成造血干细胞捐献，整个捐献过程非常顺利。当患者的医生从我手里接过我的造血干细胞悬液的那一刻，我感到非比寻常的神圣，那是生命在传递，手里捧的仿佛是希望、是生命。"虽然我们素不相识，但因为您无私的大爱，带给了我生的希望，让我重新燃起了对美好生活的向往。感谢您家人的支持与理解……您的大恩大德，我这辈子铭记在心。等我康复后，一定要找到您并亲自说一声谢谢！”这是患者写给我的第一封感谢信，从信里我读出他对生命的渴望。

2019年6月，我的受捐者病情复发需要我进行二次捐献，全国完成二次捐献不到200例，医学证明，二次捐献需在一次捐献两年后才能进行，时隔半年，我的身体还处在恢复期。顶着压力，我又一次躺在了捐献病床上，因为我觉得，生命大于天，我若不救，他必死亡。“在我得知病情又一次复发的时候，真的是晴天霹雳，万念俱灰，这样的打击，我的内心是绝望无助的，也曾想过放弃，想给自己一个解脱，但我的肩上还有责任，我的家庭需要我……您的捐献不仅挽救了我的生命，也挽救了我的家庭。”这是我的受捐者写给我的第二封感谢信里的一段话。

大家都希望自己快乐，但痛苦往往不期而至。经历了爱人大病初愈以及我为患者捐献造血干细胞后，我对生命有了更深刻的理解，我也更加渴望健康、幸福。

自从我捐献造血干细胞后，这一年，宁夏煤业公司先后又有3名同事与血液病患者配型成功并完成了造血干细胞捐献，我从一个捐献者到志愿者，又从志愿者到倡议者，“温暖”是我最想表达的词汇。2019年10月和12月，作为志愿者，我陪同宁夏第47例、第49例造血干细胞捐献者前往医院捐献，他们还是宁夏煤业公司第三位和第四位捐献造血干细胞的志愿者。同为志愿者，我为他们乐善好施、舍己救人的高尚品质点赞；同为宁煤人，我为有这样的同事而自豪！

这一年，因为有了宫常东、盛彦文、程玉均的爱心捐献，宁夏煤业公司志愿者队伍正在不断壮大。

志愿服务是社会文明进步的重要标志，是广大志愿者奉献爱心的重要渠道。我期望有更多的爱心人士加入到志愿者服务团队，为社会文明进步作出贡献。同时我也希望受捐者健康平安，回归生活，开启崭新的人生。

（原载《新宁煤》2020年第1期　李　剑）

将台堡：一座精神的丰碑

秋日初升的阳光暖暖地洒在将台堡镇的中心广场，照在高高矗立的红军会师纪念碑上，红军不怕远征难的二万五千里长征精神顿时注入了我的血液。怀着油然而生的崇敬之情，我缓步走向高高的纪念碑台阶，瞻仰先烈，回望烽火如烟的历史。

将台堡镇，这座沉积着保家卫国精神、流淌着红色基因的千年古镇，是我一直惦念拜访的地方。虽说十二三年前我曾到过西吉，但没能踏访这片英雄的土地，今年国庆假期终得成行。

将台堡镇位于宁夏回族自治区西吉县，左邻葫芦河，右靠马莲川。当地有句俗语“山是和尚头，沟里无水流，十年旱九年，岁岁人发愁”就是对这块土地自然环境形象的比喻。在这片黄土高原的梁峁上，至今还遗留着先民们建造的一座座窑洞和土堡。在漫长的时光中，这些窑洞、土堡渐渐被风雨剥蚀，镌刻下岁月的沧桑。

千百年来，在这样艰苦的环境中，将台堡镇的先民们依靠顽强坚韧的精神，在这块贫瘠的土地上开垦出一块块良田，让这座古镇始终焕发出勃勃生机。

如今，将台堡人围绕红军会师纪念碑广场修建起各式住宅，虽然古镇的地貌有了翻天覆地的变化，但浓郁的西北风情却始终没有改变。暖暖的日头下，三三两两的老人临街而坐，闲话家常述说着古镇的往事和祖上的荣光。

我们 10 月 3 日傍晚告别海源震柳，翻越南华山和月亮沟，晚上近 10：00 到达西吉县并夜宿滨河新区。4 日一大早来到将台堡镇红军会师纪念碑广场。

纪念碑矗立在土堡上，三层 45 级台阶，我仰望纪念碑拾级而上，敬仰与神圣融注于我的血脉。环顾纪念碑，由碑座、碑身和碑顶雕像三部分组成。碑高 19.36 米，顶部雕有三尊英姿勃发的红军头像，碑身下部有 8 幅浮雕——战略大转移、遵义大转折、强渡大渡河、过雪山草地、路过回民区、翻越六盘山、三军大会师、胜利到延安，再现了红军长征的艰辛历程和红色革命历史的壮丽画卷，展现了中国革命所经历的艰苦道路。

1936 年 10 月 22 日，红二方面军总指挥部及二军团与一军团二师在将台堡会师，宣告红军长征三大主力胜利会师，结束了伟大的长征，将台堡因此闻名于世。

为纪念红军长征三大主力胜利会师，1996 年在此修建“中国工农红军长征将台堡会师纪念碑”。2006 年，在红军长征胜利暨将台堡会师 70 周年之际，对纪念碑进行了整修扩建，分为纪念广场和纪念园两部分，总占地面积 2 万平方米。

纪念碑的后面是纪念园，也是当年红二方面军的总指挥部所在地。园内陈列展厅里的石磨、碾子、马槽、桌子、电文的复印件等红军曾使用的文物，一件件历历在目地向人们述说着那段金戈铁马的烽烟岁月。

纪念园内还有一口写着“饮水思源”的水井，它是军民鱼水情深的历史见证。将台堡镇只有一眼小水井，当地人的生活用水一直很紧张，红军在镇里住了四十多天，为了不给百姓添麻烦、把水让给百姓喝，红军战士们往返数公里去葫芦河挑水喝，还组织了一支队伍在原来小水泉的位置，向下深挖了十多米新打成了一口水井。老百姓为了纪念红军，就把这口井叫做“红军井”。

纪念园中央是一日晷，在日晷周围的地面上印刻着许多“1936.10.22”的印记，告诉每一位参观者牢记历史。

站在高高的将台堡上放眼望去，两河交汇形成三角埠坪，地势平坦宽阔，一派祥和之气。也许是历史的注定，有着保家卫国优良传统的将台堡镇，又一次注入了红色基因，让这里成为一座精神的丰碑。

将台堡古称西瓦亭，历史上是连接内地和河西走廊的重要关隘，历朝历代都是兵家必争之地。早在两千二百多年前，秦昭襄王就曾派人在此夯筑长城，抵御北方游牧民族，汉武帝刘彻也曾来此巡视边防。当时，为了夺回被匈奴长期占据的河西走廊，汉武帝任命十九岁的霍去病为骠骑将军征讨匈奴。年轻的霍去病临危受命，怀着一腔报国热血，率大军来到了这座边陲小镇。

“匈奴未破，何以家为？”霍去病怀着这种保家卫国的决心，从将台堡出发，直向西收复了河西走廊。霍去病大破匈奴，不但打通了西汉王朝通往西域各国的通道，也让保家卫国的精神在这里世代相传。从那时起，朝廷开始在将台堡扩建土堡、整修长城、屯兵戍边。唐朝时期，唐太宗李世民还曾来此巡视民情，推行马政，训练骑兵，将台堡逐渐发展成一座军事重镇。

如今，在将台堡镇周边还保留着二十多公里的古长城遗址。这一段历经两千多年风雨的长城，默默向后人讲述着这里悠久的历史、传承千年的不屈风骨。直到现在，当地还流传着这样一句话：“头可断、血可流，家国的寸土不能丢。”这是古镇人守望故土家园的铮铮誓言，也是他们始终不变的赤子之心。在历史的长河中，每当有外敌入侵，将台堡人总会挺身而出，浴血沙场；而战争平息后，他们又竭尽全力建设着自己的家园。

相传，北宋时期，西夏的军队多次侵扰边境，宋仁宗派穆桂英做先锋，率军出征。然而，大军刚到六盘山时，就遭到西夏军队的伏击，伤亡惨重。就在穆桂英和将士们商讨如何应战之时，一些村民来到营帐找到穆桂英，要跟随她守长城，站岗、放哨、保家卫国。穆桂英在此点将出兵，一举击溃了西夏的军队，将台堡也因此得名。

据《西吉军事志》记载：将台古堡始建于北宋天禧年间。《西吉县县志》记载：将台古堡毁于 1920 年海原大地震，民国初年在此筑城堡。现存土堡长 70 米，宽 68 米，高 10 米，黄土夯筑。历史上，将台堡既是古代丝绸之路上的一处军事重地，也是重要的通商口岸，内地的茶叶、盐巴、布匹源源不断地运往这里用以交换关外的马匹、牛羊，随着商队的聚集、人口的增加，将台堡逐渐繁荣起来。

“既诚勇兮又以武，终刚强兮不可凌。”20 世纪 30 年代，当红色的记忆融入千年的古镇，中华民族百折不挠自强不息的精神传统，就这样从历史的长河中一路绵延而来，成为支撑一个民族不断发展壮大的脊梁，在生死存亡的关键时刻演化为伟大的长征精神，演化为彪炳史册的革命英雄主义、乐观主义。

传统文化是根，红色文化是枝干，今天已变成了枝叶和花朵。宽敞明亮的教室，设施齐全的体育馆、宿舍楼、图书馆、食堂等楼房，具有现代气息的将台堡中学傍依着纪念碑广场，整个校园被红色符号簇拥着，中华民族自强不息、浴火重生的精神，流入了一代又一代少年的血脉。

一年四季来将台堡瞻仰的不仅是孩子，还有各地的游客。不仅是看一眼纪念碑，更是用长征精神洗礼灵魂。缅怀先烈，不忘初心，走好新的长征路。长征精神是一盏永不灭的、照亮人生的心灯，为我们指明前行的方向。

将台堡，一座精神的丰碑。

（原载《神华能源报》2018 年 10 月 31 日　刘小胜　刘歌瑶）

绿色农业　美不胜收

习惯了城市高楼鳞次栉比、车水马龙的快节奏生活，你多久没去感受田野里的花香、清晨清脆的鸟鸣了？如果你愿意请你来田间看看吧，这里有带着露珠的果实、裹着泥土清香的新鲜空气、目之所及的蓝天绿地，让你静享城市生活不一样的美。

作为农业开发中心的一员，有人问我农业是什么，农业的美在哪里。我思忖良久才发现脑海中闪过的还是“春种一粒粟，秋收万颗子”的生产，是“锄禾日当午，汗滴禾下土”的辛劳，是“田家少闲月，五月人倍忙”的忙碌，才发现我对现代农业的理解和感受是如此贫乏。我们曾在文山会海中、在电脑桌前描绘现代农业发展的光辉前景，却少了一份切切实实在田间劳作中去发现、去感受的美。

于是我在一个仲夏的清晨，走进了位于大武口周边的亘元农业开发中心沟口农场，去寻找和感受现代农业的美、去感受农耕文明跳动的脉搏。

驱车驶离城市，绿色越来越浓重。大片的高标准农田将大地整齐地纵横分割。玉米、牧草等农作物竞相拔节生长，深吸一口气，悠然的芬芳扑鼻而来，仔细闻一闻，是泥土的芬芳、嫩草的清新和鲜花的甜味儿。才有一尺多高的玉米地泛着稚嫩的浅黄，大片肥美的牧草茂密浓绿。大片的深绿、浅绿在清晨的薄雾中和田地边零星点缀的绿树、野花遥相呼应，让人感受到心旷神怡的绿色田园之美。

走进沟口农场苗圃基地，首先映入眼帘的是百亩硒砂瓜田。青翠的瓜蔓一天一个样地在田间蔓延，拨开藤蔓偶尔能看见毛茸茸的小瓜顶着小黄花在打着滚地生长。在瓜田劳作的大姐一边熟练地打着瓜蔓，一边告诉我，只有把多余的瓜蔓去掉，留下健壮的枝蔓，西瓜才能更好地结果。这些西瓜从开花到结果，只要水肥跟得上，35 天就能采摘了。那眉宇间甜甜的笑容，仿佛已经品尝到新摘的瓜果的甘甜。删繁就简，心无旁骛才能取得成功，种瓜如此，工作生活何尝不是如此呢？

蔬菜采摘园里，西红柿已经搭架，黑紫色的茄子枝叶间有淡紫色的茄子花羞涩地开放，还没有一尺高的辣椒苗竟结出长长的辣椒。果园内的杏树，仿佛昨天还“花褪残红青杏小”，今天已是累累硕果压弯枝头。一年四季、春种秋收、开花结果，这生长的、盛放的皆是让人惊叹的生命之美。

田间花藤蔓延，延续生命的气息，一块块高标准农田给人增加艺术想象，田边沟渠盛开着许多不知名的小野花，婀娜娉婷、娇艳动人。远处有工人穿梭在果树间，忙着为果树施肥、除草。近处的菜地有师傅在为蔬菜除草、掐枝、打杈，到处一派繁忙的景象。正在为西红柿打杈、搭架的农艺师赵明杰一边擦拭着汗水一边说：“我现在越来越享受田间劳动的快乐了，看着地里的小苗一天天长大，一天一个样，特别有成就感，吃着自己辛勤劳动的果实才能切实体会‘幸福是奋斗出来的’真正含义。”

清晨，我从垄上走过，垄上一片绿色。田园之美、生命之美、劳作之美，一幅幅田园画卷构成现代农业之美。曾经“春日迟迟，卉木萋萋。仓庚喈喈，采蘩祁祁”的数千年农耕人最朴素的情感，正被现代农业生产所取代。

作为现代农业战线的一员，我们深知农业是百业之基、是立国之本。播种绿色希望，收获累累硕果，在传统农业的沉舟侧畔，现代农业千帆竞发，不久的将来，这里将会出现潺潺流水与碧绿菜畦交相辉映、葱茏农田与清新的空气相得益彰的画卷，美丽乡村在这里变成现实。

（原载《神华能源报》2022 年 6 月 28 日　何淑华）

年的回忆

最为怀念的，还是儿时的年，虽然久远，但一切还是那么鲜活。老家在农村，贴年画是必不可少的，那厚厚的粗纸，散发着油墨的芳香。幼小的我在贴门神的时候总是喜欢使劲地拍几下，让守护神牢牢地贴在门上。

贴对联当是年的象征，那时候的对联和现在不同，都是买来大红纸请人手写的。叔父是一位教书先生，书法很好，每年爷爷都会指派我到叔父家写对联，叔父家来求取对联的人都排成了队。儿时的我是不遵守规矩的，身材瘦小的我弯着腰就钻到了叔父的书桌前，拿起砚台认真地研墨，央求着叔父先给我家写。看着那黑亮亮的毛笔字写在红纸上，墨黑纸红字俊，说不出的崇拜。当红红的对联贴到墙上门上，年的气氛立刻就出来了，感觉自己带来的对联，就是为全家带来了年。

北方的腊八，是一年中最冷的时候，也是年味最浓的时候。村里的老人们总是说:“小孩小孩你别馋，过了腊八就过年。”那天，吃上一碗香喷喷的腊八粥，孩子们就到冰天雪地里滑冰车、抽冰猴，冻得鼻涕出来，疯得满头大汗，棉裤开了裆，棉袄胳肢窝开了线，棉鞋歪蹄子了，一切都是那么幸福和快乐。

除夕的前几天，奶奶便开始忙着蒸馒头、炸果子、煎油饼，忙碌的时候奶奶也不忘驱赶我们离厨房远一些，奶奶说小孩子进出厨房会惊动灶王爷，带走油烟气。小麦粉发酵蒸熟之后的清香气息总能吸引一大群“野孩子”，瞅着机会就在点了红心的白馒头上留下一个泥印子，调皮的我总是惹人厌的角色。年味越浓，大人越忙，小孩子们调皮捣蛋的事干得越多。

小时候的我也喜欢穿新衣服。除夕的头天晚上我会把妈妈提前准备的新衣服拿出来，睡前早早地把小脚洗干净，把新鞋、新袜摆在枕边。年三十早晨起来穿上新衣，感觉自己都是“新”的，小脸上带着甜甜的笑意。一大早，我会被鞭炮声从睡梦中惊醒。穿好新衣服、新鞋，跑到外面放鞭炮、供香烛、摆祭品、开大门、纳新福。新年要有新气象，这一天也是我最乖巧的时刻。

除夕夜要吃年夜饭，全家人坐在一起，团团圆圆地吃着饭，说说话，其乐融融。这时吃的饺子都是肉馅的，还会在里面放一枚硬币，谁要是吃到的话那就预示着来年将有好运相伴。小时候，爷爷最疼我，每次爷爷挑给我的饺子里面都有硬币，吃到硬币的我总能收获一个大大的红包，爷爷还不忘说一句：“新年功课要更加努力！”

年夜饭后有“守岁”之说，所谓“一夜连双岁，五更分二年”，这一夜是不能睡觉的，只有这样新一年头脑才清醒。这一夜烟花爆竹声彻夜不休，大人们聊天喝酒斗牌，女人难得凑在一起拉线织毛衣绣鞋垫，孩子们打着灯笼出去玩。

天亮了，锣鼓声响彻整个村落，早饭之后秦腔队、舞蹈队、篮球队等争相出发，在村部大舞台附近集合。也有亲朋好友相互串门拜年，整个村子在年的气氛中沸腾起来。

（原载《神华能源报》2020 年 1 月 23 日　吕维伟）

有你们，很安心

很多事情没有发生在自己身边，你无法真切地感同身受，正如这次突如其来的疫情。我所在的城市被按下了暂停键，正常的工作、出行变得很奢侈，孩子们在家上网课，身边很多同事和朋友都被封闭在家或单位。当马路上只有零星的几辆车，街边没有行人匆忙上班的身影，我才意识到这种萧瑟刺骨而寒冷，原来我们习以为常的生活是那么可贵。

平时周末休息，我就十分渴望能一个人好好独处。然而当真来临了却不是我想要的。孩子幼儿园停学后被我送到父母家，本想着到周末就接回来，没承想当日父亲打来电话说单元楼被封闭了，院门口已经拉上了警戒线。我脑子顿时嗡了一下，回过神来赶紧和爱人准备物资送过去，想偷偷“摸摸”小手。最后决定遵守规定远远地看着，屋内的小人向我招了招手，小脑袋摇摇晃晃地打着节奏……而此时，我的脚下像是被灌了铅一样一步都挪不动，父亲怕我担心，赶忙轰我离开。转身的那一刻，我没出息地流了泪。这时候我才能真正体会到医护人员与家人想见却不能见的心情。

搬到现在的小区已两年多了，算是老住户，可认识的邻居就两家，一家是楼上的郭老师，一名幼师，也是孩子的班主任，这次疫情学校停课，我看到了她的无奈。平日里上学还好，一放假两个儿子的生活起居都由她一人照顾，老公在外地工作半月才能回来一次。老大五年级正是学习紧张的时候，老二不到三岁事事离不开妈妈，我甚至不敢想一个人领两个“捣蛋分子”是什么情景。被告知停学的那一天，郭老师从早上五点便起床忙碌，由于幼儿园一些住集体宿舍的老师被封闭每天只能吃泡面，郭老师早起做了三四个菜，趁热乎给她们送过去，紧接着回家给两个孩子做饭收拾家务，安顿学习，再开始统计班里孩子及家长的核酸检测及结果，还要准备网课，一直忙碌到深夜。

六楼的马哥是个热心人，胖乎乎的体型操着一口川普，他是在银川生活了二十多年的四川人。说他热心可是实打实的，去年冬天疫情最严峻时，他冒着零下二十摄氏度的严寒，作为志愿者在小区门口为大家测温，今年的他又毅然冲在最前线，穿上红马甲，用一段川普温暖了被封闭在家的居民们。他告诉我志愿者很缺乏，即使有的住户不理解但他仍要做这件事，尽自己所能为大家提供帮助。内心深处，我为他竖起大拇指。

正是一年保供的关键节点，为了生产不掉队，许多公司员工被封闭在宁东矿区，不能回家，他们克服一切困难，没有换洗衣物就借同事的，没有宿舍就在办公室睡行军床，除了特殊情况没有一个人提交离矿申请，在生产任务紧张的情况下，所有留守矿区的在岗人员又取消调休加紧生产。他们都是如你、如我一样的普通人，为了能源保供，为了抗疫胜利，更为了万家灯火，他们选择坚守岗位。还有很多这样平凡的人，很多这样的事温暖着我。

昨天和家人视频，听母亲兴奋地说第二天晚上有“大事”发生，我很好奇，在封闭时期还能有多大的事呢？原来是小区热心的居民为志愿者和物业捐赠了几十台取暖设备，举办一场小型音乐会表达感谢，也为自己加油，为这个城市加油。看到孩子在阳台拿着小红旗和全小区的人一起高声大喊“银川，加油！”我心头一暖，全身的力量也被唤醒了。

随着时间推移，新增病例越来越少，看到“大白”们夜以继日地为大家检测，医护人员默默地付出，有你们，很安心！我相信那一天不远了，所有人都面带微笑走出家门，去想去的地方，见想见的人。熬过所有的乌云蔽日，定能见阳光普照大地，我愿在疫情彻底消散后去热情拥抱每一个人……

（原载《神华能源报》2021 年 11 月 12 日　陈汉宁）

“安全”不止两个字

在煤矿工作的父亲曾认为，作为矿工子弟都应该了解井下工人的工作情况和矿工的艰辛。于是，二十多年前，小学毕业的那个暑假，我和父亲一起下井体验。这是我第一次下井。

父亲是煤矿技术人员，经常到井下解决安全生产问题，所以我时常能听到父亲谈论井下工作的细节。因此对于煤矿井下我并不陌生。从小在矿区长大的我，对煤矿再熟悉不过，父亲办公室的晒图纸、母亲车间的电机电器、高耸的选煤楼、火车一样的煤斗车，但是那时我对煤是怎样从地下到地面却从来没了解过。

下井前，父亲严肃地叮嘱我要紧跟着他，到了井下不能乱跑、乱摸。我背着自救器，穿着大好几个号的工作服、矿靴，戴着不合尺码的矿帽，跟在父亲身后进入井口，一片漆黑中矿灯的亮光随着身体晃动，我跟在父亲身后一个台阶一个台阶往井下走。台阶之间的距离较远，宽度窄、倾斜度大，对于那时的我来说下一层台阶要迈一大步才行，但我不敢放慢脚步，害怕跟不上父亲矫健的步伐。井下巷道错综复杂，在地面开车父亲经常走错路，而在井下他却清楚记得每一条巷道，井下蜿蜒的巷道他最熟悉不过。矿井位于鸳鸯湖矿区，许多年前的鸳鸯湖井田地面水草肥美、羊儿山上跑、降水很丰富，因此，这里井下常常有淋水，井下台阶上湿漉漉的，一不小心就会滑脚，我小心翼翼地看着脚下的台阶，井下昏暗的光线我只能用脚来感觉台阶的位置。走了很久，我看到前方越来越亮，并传来机器运行时的隆隆声，父亲说那就是工作面。到达工作面后，我才发现自己早已汗流浃背，不合脚的雨靴和袜套已经把脚磨出了水泡。矿工们正在工作面忙碌着，因为设备嘈杂，父亲和他们嘴耳相对大喊式说话。我累得不想说话，靠在一边看着矿工们干活，有人操作设备，有人用铁锹铲煤，他们的脸上布满煤灰，露出闪动的眼睛。

父亲安排好工作，我们便开始升井。升井是上台阶，比下井时更累。井口的亮光就像一轮圆月，我就像那个摘月亮的人，迫不及待朝着井口走。走出井口，眼睛却无法适应光明，想去揉眼睛而这时才看到我的双手已变得全黑，指甲缝里也钻进了煤灰。回到家我就倒在床上睡觉，那一觉比以往睡得更深沉。多少年过去了，再没有睡过那样深沉的 18 个小时。

和父亲下井体验后，我真切感受到矿工这一职业的艰辛，父亲虽然不像矿工们要在井下干繁重的体力活，但是，他几乎每天都要下井。沉重的自救器要一直背在身上，那可是号称“生命的保护神”，矿灯矿帽也要一直戴在头上，还要走那么远的路程才能到达工作面……我开始关心父亲的工作，常常跟父亲聊起煤矿井下的事情。父亲是个寡言少语的人，但是一聊起煤矿的事，便滔滔不绝，地质、开拓、采煤、支护、通风……父亲对煤炭生产的每个环节都了如指掌。聊天中，我得知父亲在我五六岁时，在井下经历过一次意外事故，当时煤矿还是炮采，因为单体液压支架自动卸载，父亲当场被摩擦支柱砸晕，醒来后已躺在医院的病床上。现在，经常能听到父亲吸吮鼻子，嘴唇看起来像兔唇，因为在那次事故中，父亲的鼻子被砸歪了，上嘴唇也被砸成了两半，只能用针线缝合，在当时的医疗技术条件下，父亲的嘴唇被缝合成了不规则形状；父亲的 8 颗牙齿也被砸掉了，至今，父亲一直戴着假牙套，平时不能吃太硬、太酸的食物，因此，母亲蒸米饭或做面食都要煮得特别软糯，炒菜也经常是水煮菜。

10 年之后，我到煤矿宣传部门工作，工作中时常需要下井，因为有曾经下井的经历，工作后再下井则相比其他同事更轻车熟路。而那时煤矿工人已经开始乘坐猴车、罐笼、防爆胶轮车等直接到达工作面附近，为员工节省了很大的体力支出。直到那时，我才得知，煤矿经常组织家属开展井下慰问活动，通过这种活动让矿工家属了解矿工工作情况和工作的辛劳，避免矿工带着心理负担和负面情绪下井工作，同时，带动家属时刻提醒矿工安全操作，从家庭层面筑牢安全防线，减少煤矿井下事故的发生。这让我想起小时候，不管母亲和父亲怎样争吵、闹别扭、彼此沉默不语，可当得知父亲要下井时，母亲都会先主动开口提醒父亲："下井注意安全……"后来，每当我下井前，父亲都要嘱咐我，就像当年母亲嘱咐父亲一样："下井要注意安全……"

如今，父亲当年所在的煤矿早已告别了炮采，实行更先进的综采开采技术。现在，我们的煤矿正全面提升煤矿智能化开采水平，各大煤矿都已着手智能矿山建设，并将最终实现矿井无人、少人生产。那时的井下将比现在更具安全保障，我们不用再担心亲人们在井下工作时的安危……跟父亲聊起智能矿山建设，父亲说："煤矿现在通过在安全方面的投入和技术方面的改造，生产系统的安全是有保障的，事故风险就会越来越小……"

我想，对于每一个曾经在煤矿工作过的人来说，煤矿注定是他们一生的牵挂！对于他们来说，"安全"也不止两个字……

（原载《新宁煤》2020年第6期　王　莉）

05

宁煤力量

Ningmei Liliang

击浪劈风二十年

——献给宁东建设的主力军宁夏煤业公司

序

2002 年 12 月 28 日，在自治区党委、政府的关怀下，原宁煤集团成功组建，宁夏煤炭工业的发展重心南移。随之“宁东”这一特定的地理名词高频率出现。于是，在自治区跨越式发展的战略中出现了建设宁夏“一号工程”“宁东”。宁夏煤业公司被誉为“排头兵”和“主力军”。

宁煤人牢记使命，不负重托，沙擢汗涌，击浪劈风，以“埋头苦干践誓言”的精神，“敢踏高枝去摘鲜”的勇气建起了千万吨大矿，建成煤化工基地，实现了煤炭的华丽转身，产出了合格的煤制油产品。这里倾注了各级领导的心血，也充满了班组长、科技人员、劳动模范和全体员工及矿嫂的汗水和智慧。

今年是宁夏煤业公司重组整合第二十年，二十岁的宁煤更加成熟。欲用诗歌的形式，选取某个片段，讴歌宁煤建设者，为党的二十大召开献礼。

壮骨青颜兴宁东，沙擢汗涌记初衷。
历辛涉险二十载，击浪劈风去庆功。

企业重组

（一）

煤海经营几十年，孤帆遇浪始知单。
弟兄鼎力添航母，不坐河舟驶大船。

（二）

神华宁煤结企缘，强强联合有新天。
登楼可望前途远，哲理名诗悦耳传。

（三）

宁煤重组遇三轮，煤电联姻注血新。
起锚远航凭准向，东风借得鹊歌频。

埋头苦干

（一）

开初环境足辛艰，老井天天露笑颜。
亿吨目标伸手触，工程进度日升攀。

（二）

抢抓机遇写春篇，敢踏高枝去摘鲜。
朝夕追赶创大业，埋头苦干跃峰巅。

（三）

莫言大漠能藏炭，办电多家与矿攀。
煤化工中萌彩典，宁东深处是金山。

（四）

深山旧屋已乔迁，城中高楼看洁天。
民族和谐誉锦匾，安居乐业谱新篇。

明星掠影

（一）

班排组长不称干，将尾兵头最贴边。

大厦座基亲夯筑，丰碑高塔乐添砖。

（二）

羊枣①齐飞践誓言，灵新矿里匠星繁。

鸳鸯湖畔看双对，红柳②滩头迎状元。

（三）

国企天高业际宽，春兰秋菊立花坛。

迎风映日应时绽，万卉开怀拥牡丹。

（四）

家庭重担挑双肩，荣誉相中把手牵。

和睦和谐随意练，安全等得月儿圆。

（五）

数年树木林成片，枝叶虽微总饮汗。

大树参天端挺立，阳光雨露伴炎寒。

（原载《神华能源报·宁煤版》 薛建民）

①即羊场湾矿和枣泉矿，这两个矿都是宁东千万吨的现代化矿井。

②即红柳矿。

让我像长江黄河一样和你奔腾前行

我诗意的年轮历久弥香
岁月的醇酒弥散着永不沉寂的芬芳
我可爱的祖国日月浩荡
点点星光在岁月前进的河水中流淌

我钟情的话语溢满胸膛
深情的赞美激荡在一尘不染的心房
我可爱的宁煤锦绣华章
为每个平淡的日子赋予了璀璨光芒

我知道，在国家建设的脚步中
每一个人都会用心诠释自己的人生
我相信，在宁煤发展的步履中
每一个脚印上都会留下时代的烙痕

我相信，什么样的时代就会创造什么样的精英
时代的旗帜里，凝聚着不断攫取的背影

我相信，什么样的人生就会彰显什么样的特征
时代的精髓中，必然跃动着不屈不挠的灵魂

是你以自己的力量支撑国家的大厦
铸就工业的品格和骨气
是你以夸父的执念点亮七彩之光
将追逐太阳神的曲折坎坷一一履平

荡气回肠的崎岖之路，乌金璀璨着崇高的敬意
沐雨栉风地跨越巅峰，能源高地激荡着进取和声
每一个超前的智慧都具有大手笔的写意
每一处传奇的履痕都标注划时代的攀登

贺兰山上风，天南海北腔
给了一代代宁煤人以本真灵性
煤海流的水，黄河打的浪
赋予了一辈辈宁煤人智慧刚强

变迁的工厂，广厦替代了土坯窑房
喜悦的笑脸，闪烁着奋进时代的光荣
催春的铃铛在煤城的天空激情喧响
梦想的枝丫和竹杖在大地节节成长

勤劳的双手创造着能源基地惊人的速度
澎湃的心血酿造出化工产品的玉液浆醇
塑雕生命的力度和壮美令人怦然心动
以苦为乐的无畏精神饱含着动人深情

只要追寻没有止步
我依然能找到镌刻着历史印迹的珍存
只要回想不曾失忆
我一样能品读风雨兼程的岁月峥嵘

工业文明的积淀塑造着这样的宁煤人
勤劳勇敢，在天地的间隙里争取光荣
意志如钢，在风雨的锻打中棱角分明
时间的烟尘不能抹去历史清澈的尊容

矢志不移，不阿的信条里贯穿着不屈的浩气
勇往直前，时间的链条上延续着奔腾的回声
现实的例证，每一个文字都能刺穿傲慢的矫情
历史的印证，每一尊图腾都在揭示成功的情形

在大漠深山之间，融汇着吃苦耐劳、无私奉献的“干”字精神
在曲折蜿蜒之间，彰显着从小到大、从弱到强的辉煌历程
在银北银南之间，汇集着一个个千万吨级矿井的规模组成
在传统现代之间，探索着一条产业循环、低碳清洁发展路径

时光，在庄严的 2016 年 7 月 19 日停顿
世界都在聆听“社会主义是干出来的”有力雄浑
历史，彪炳着数万建设者 39 个月的奋战历程
首批煤制油产品的发运融汇着伟大复兴的中国梦想

我惊异一个纪元由此揭开
打破国外的技术装备垄断
自主创新成为新型工业化的最强音

实现了卖炭翁到卖油翁的华丽转身

长河漫漫，岁月的流淌中
每一朵浪花都在吟唱一个生动的故事
青天浩瀚，九万里的时空下
每一株草木都让它的主题无比鲜明

那流水无法覆没的一个个开拓者的名字
那艰难难以消磨的一腔腔大无畏的气韵
是深刻在铁卷华章永不磨灭的记忆
是构筑在宁煤丰碑之上的辉映苍穹

新时代，新的思维伴随着新的征程
我们便能看到，脚步的韵律中牵引着怎样的上升
新征程，新的理念畅想着新的恢宏
我们便能感知，梦想的腾飞里环绕着怎样的美景

转型升级的蓝图催生众志成城
大地上昂首奋进的方阵由我们组成
既然时代赋予我们肩负的使命
我们就当和时代的步伐跟紧

勤洒汗水，化土为金
培植爱心，遍撒火种
让翩翩翔舞的梦想种满生机盎然的田园
让宁煤锦绣的行动在每个人心里升温

创造、速度和一串串奋进的脚印

自然组成一个个红火的年景
腾飞、复兴和一句句伟大的召唤
定当成为推动世界一流煤化企业的轴承

因为，我坚强奋斗的生命住在阳光彩霞的圣地
因为，我激情飞扬的梦想闪耀在蔚蓝色的星空
我要让信仰的光明穿透天空和海水
我会用燃烧的激情将光芒收入囊中

其实，赞美有时不需要歌唱，要用心聆听
其实，成功有时不需要度量，要用脚实行
因为，我知道岁月的风尘深刻着多少苦难艰辛
因为，我相信时光的沿途肯定萦绕着激越歌声

回首岁月深处
我的敏感多情无法压抑内心诗情汹涌
瞩望未来远景
我诗歌的冲动一浪高过一浪达到巅峰

当执着、真诚的信念在勤劳勇敢的大地上舞动
当和谐、仁爱的家园在生命中幻化出刻骨诗情
诗意的宁煤啊
就让我诗歌的脉动为你持续跳荡
跳荡出长江黄河一样的激越澎湃
与你一起奔腾前行

（原载《神华能源报·宁煤版》2022 年 5 月 5 日　张　彬）

宁煤精神

一首宁煤精神之歌，从塞上最初的一朵朵喇叭花中飞出。二十年前历练风骨，二十年后浴火重生，只因人们从一块块煤炭的眼睛里，看到了它们点亮一颗颗星星，奉献他人、提升自己的自豪和欣慰。从银河两岸万家灯火幸福的笑靥中，深刻体会到了坚守初心的真正含义，也注定了这种自强不息、甘于奉献、顽强拼搏的宁煤精神，一定能够耸立起贺兰山应有的巍峨。

——题记

一条小溪走出岁月的垛口
抚摸着岁月深处那些往事峥嵘的记忆
回眸的眼神
充满了对大山的眷恋和感恩
怀想宁煤人当年用豪情征服戈壁的荒凉
用壮士断腕的决绝
开创贺兰山腹地煤矿的壮举
激情瞬间澎湃
黄河两岸民心的富足

我们仿佛看到
黄河母亲一次次掀起衣襟给宁夏煤炭事业哺乳
脸颊溢出的比殷切更加粉红的期望
我们依稀看到
宁煤人在追赶新中国第一缕曙光的潮头
用鲜红的信念，血染的誓言
晕染宁夏煤炭事业的天空

站在 2002 年宁夏煤炭事业大发展的分水岭
站在大战略带动大项目
大项目带动大发展的高度
宁夏党委政府对区内四家煤炭集团进行了重组
今天的五万多宁煤人
双手依然紧紧握着一颗初心
力挑一肩沉甸甸的信念和使命
抓党建抓安全生产抓经济效益
抓未来宁煤事业的全面发展和提升
他们个个是驾驭宁东千里荒漠的骑手
展望宁煤的诗和远方
他们勠力同心，只为宁煤明天的图腾
就像我们的父亲山——贺兰山
用青春，用生命，用无私无畏，用无怨无悔
把“社会主义是干出来的”精神
一代又一代地传给我们的宁煤人

这种传承，这种精神，这种意识
已破茧成宁煤人坚强的意志
当这种意志以贺兰山主峰的形象轩翥而起

就彰显出一份山峰
力拔群山的力量
就凝聚成
一种助推黄河逐浪排空奔腾向前的气势
这种气势
说不上威武
却能穿透坚硬的地壳
用乌金筑起宁夏经济的半壁江山
算不上是太阳
却能让宁煤精神光照塞上辉耀朔北

这种精神
每天都随着太阳从东方冉冉升起
他律动群山也纤拉黄河
他举起曙光也抖落星辰
他攀登高峰也历练高原
他踔厉实干也陶冶情操
他秉承传统更开创未来
他用江河不竭岁月不老历史不朽的豪举
诠释宁煤人高贵的灵魂

这种信念
从宁夏悠久文化厚重的历史底蕴中萌发
这种宗旨
从贺兰山峰剑出云岫的陡峭中抽芽
这种使命
就是宁煤人用一首宁煤精神之歌的力量
挑着贺兰山与黄河

笃信“社会主义是干出来的”箴言
知苦不叫苦，再苦再累，也只是把担子
从一个肩膀换到另一个肩膀

这种精神
有亘元集团骨气傲然的铿锵
有太西集团血脉充盈的魂魄
有灵州集团历练积淀的精华
有宁煤集团集体智慧的结晶
有新中国成立以来不同历史时期伟人们的亲临关怀
宁煤人踔厉奋发，汲取力量
发扬光大的升华

今天，宁煤人相继建成国家级亿吨煤炭基地和世界级现代煤化工基地
颠覆了过去只出售原煤的传统理念
这是一种精神的超然
这是一种敢开先河的前瞻与谋略
这是一种超越群山的耸立与巍峨

面向新世纪，面对新挑战
宁煤人正在阔步昂首从头越
有精神者青山座座为你而立
得地利者别有天地款款为你而来
逢人和者纵有史册为你而彪炳千秋

（原载《神华能源报·宁煤版》2022 年 8 月 15 日　张　杰）

让大山更美丽

蜿蜒的群山
潺潺的流水
崖畔上坐着苍老的爷爷和年幼的孙女
他们身边是撒欢的羊群
孙女缠着爷爷要听故事
还一定要是关于大山的
爷爷一手捋着银须
一手指着山脚下那片繁忙的矿区
满脸的幸福洋溢在皱纹里

二十年前，这里很寂静
贫瘠的山坡上生长着稀疏的玉米和洋芋
山民的生活贫困凄苦
十年有九年靠政府救济

那一年
突然来了一大队人马

架桥梁，修公路，开山劈地
破岩石，穿山洞，掘井挖煤
隆隆的炮声惊醒了沉睡千年的群山
呼唤着她的儿女告别贫困、走向富裕
耸立的楼群淹没了贫穷的痕迹
为大山的新生命树起一座时代的里程碑
从此，这里翻天覆地
车如流，人如织，乌金滚滚
欢声起，笑语飞，扬眉吐气

爷爷沉浸在幸福里
孙女听得入了迷
孩子啊
久旱的禾苗逢甘霖
点点滴滴记在心
长大后一定要好好把书念
学好本领
用你的勤劳和智慧
让家乡更富裕
让大山更美丽

（原载《华夏能源报》2011 年 1 月 20 日　南山夫）

煤海放歌

掌子面

在煤矿井下
人们把矿工干活儿的地点
叫掌子面
只有巴掌那么小的地方
却能容下粗犷的采煤汉
南方的煤层很薄
开采十分艰难
每天，黑哥们匍匐在
低矮潮湿的煤层里
一点一点地从岩缝中
挖掘出像金子一样的黑炭
这样做当然很累很疲倦
但黑哥们依然
天天唱着歌儿往井下钻
有人问黑哥们
井下活儿又苦又危险

为何不离开矿山
黑哥们很淡定
如果没有人下井采煤
这个世界将是漆黑一片
哥采的不是煤炭
哥采的是责任和希望
掌子面虽小
井下虽阴暗
可黑哥们的心
像太阳一样明亮
像蓝天一样高远

清晨，我刚出井

熬红的矿灯
点亮东方的启明星
旋转的天轮
纺织出满天的彩云
清晨，我刚走出深深的矿井
整整一个不眠的长夜
我和我的黑哥们蜷伏在
四五十公分高的煤层
我们或蹲或卧或仰
以各种各样的姿势
采掘着矿灯般圆亮的故事
也开采着沉甸甸的人生
走过蓝天白云
走过日月星辰
走出一个黑夜

又走进另一个黑夜
告别一个白昼
又接近另一个白昼
每天，我和我的黑哥们
在黑与白两个世界里穿行
虽然，我的生活
有三分之一在黑暗中度过
虽然，我的青春
有一半被汗水浸泡
虽然，我的爱情
少了一些浪漫的味道
但我的岗位在井下
八小时开采是我的责任
不管雪雨风霜
无论秋夏冬春
我甘愿每天沉入煤海
为太阳催生

矿山浴室

这是男人的世界
这是黑白分明的地方
粗犷的线条
被水波泼洒成
一尊尊灵与肉的浮雕
赤裸裸的梦想
与热浪猛烈地碰撞
躁动的青春在这里彻底开放
大房子盖着的沐浴

像一双紧闭的眼睛
我和我的黑哥们可以敞开大嘴
侃明星侃女人侃网络也侃股市
不管外面的世界多精彩
每天，犟师傅与铁柱子
换手搓背的规矩总是不变样
这是我和我的黑哥们
在井下劳作一天后
最满足的享受
最真实的感受
明天，我又要去下井
又将在八百米地心
染成一块黑炭
为了水帘那边清泉般的生活
为了蓝天下的人多一分阳光
为了祖国巨轮拥有充足的能量
我愿把生命同太阳
一起释放

（原载《华夏能源报》2011 年 10 月 13 日　杜华赋）

煤化工硅谷赞

辉煌灯火映平湖，管线如织高塔立。
世纪工程惊瀚龙，恢宏硅谷荒丘起。
煤流进入油流输，黑色转还珍玉出。
花落绮园凤筑巢，巅峰雄踞丰碑屹。

（原载《神华能源报·宁煤版》2022 年 5 月 9 日　赵　林）

干，一种更高意义的开拓

——献给宁夏煤业公司重组整合二十周年

从一首歌的花径中走出
你便认识了一方水土
认识了形形色色英雄的人们
宁煤人——好一种洪钟大吕的声音
开拓创新，就是一段无与伦比的圣乐
锐意进取，就是一幅山河变迁的奇迹

20 年前认识你
塞上煤城是你的名号
你年轻的面容衬托着太阳的光辉
煤城故事感动无数返乡的人们
今天认识你
我试图忍住眼眶幸福的泪水
你看，从单一煤炭开采
到煤化工煤制油产业并举
从小型矿井到千万吨矿井群
世界级煤化工基地拔地而起

把转型升级的目标
深深嵌入宁煤发展的快车道
这是宁煤人的骄傲
这是宁煤人迈向建设世界一流煤化企业
激扬吹响科学发展的号角
宁煤人，黄土地最坚韧的后裔
一只脚深深地踵进大地

另一只脚把扬起的黄沙夯实
两手擎起石屋的简陋
最坚硬的根就是钻杆
牢牢根植于大山、荒滩和戈壁
从荒芜的黄土地下掘出黑金
掘出一代人最初的梦想和火焰
掘出生命的航船和久违的阳光
掘出黄土之下黑色的诱惑和光明

社会主义是干出来的
干，一种更高意义的开拓
歌者尽歌，唱者尽唱
劳动者的脸上写满荣光
“十四五”规划振聋发聩
宁煤班子集思广益，求实奉献
宁煤人齐心协力
共同弘扬“干”字精神

宁煤人，你的骨血支撑着一场解放的革命
火焰是红色的

像朝霞打开天空的衣裳
依次是胸膛、心脏
最后是青色的骨头
犹如与煤终生融为一体的贺兰山汉子
犹如燃烧一样无限打开自己的宁煤人

宁煤人，你如一粒金跃出冰冻的土层
不，是一颗子弹奔向久视的目标
抑或是一架飞机冲出密布的云翳
最后是一艘航母驰向辽阔的海洋
一粒金跃动于海面便形成火焰
一粒金跃动于浪尖便长成海鹰
一粒金跃动于天空便亮成恒星

宁煤人，用一粒粒黑金铸成的铁骨
自贺兰山顶的雪出发，向南，向东
向祖国的四面八方
展示一粒粒黑金熔成人格的过程
展示新中国诞生以来惊心动魄的一次次蜕变

还有什么
比团结奉献的精神更伟大
我们举起阳光灿烂的信念
只想说一句话——
做大、做强、做美宁煤公司
还有什么
比我们此刻的心情更迫切
时光匆匆流逝

无疑，我们要跨越的
是一个时代崭新的高度

宁煤人，以惊雷的爆破声为号角
高高扬起启航的风帆
宁煤人，越过千沟万壑的险滩
携手迈向高质量发展的新征程

（原载《神华能源报·宁煤版》2022 年 5 月 9 日　陈小康）

社会主义是干出来的

社会主义是干出来的，
我们的信念坚定不移。
黄河奔流，
贺兰逶迤，
乌金滚滚，
塔罐林立。

世界一流
奋进宁煤，
实干巧干，
再创佳绩！
真埋的芬芳飘满四季，
社会主义家园无限生机！

社会主义是干出来的，
祖国的建设日新月异。
活力宁东，

劳动号子，
奉献能源，
只争朝夕。

我们用汗水晾晒成绩。
众志成城，
埋头苦干，
团结的力量世代相传，
社会主义事业无比壮丽！

社会主义是干出来的，
我们的脚步永不停歇。
绿色发展，
生生不息，
安全环保，
永恒主题。

伟大的中国梦我们编织。
不忘初心，
使命牢记，
时代的强音响彻天地，
社会主义道路再写传奇！

（原载《神华能源报·宁煤版》2022 年 6 月 13 日　宋长利）

海棠的讲述

又是海棠盛开时
那满树海棠啊
繁盛如火灼灼其华
微风中争相簇拥摇曳
抖动每一片花瓣都在告诉你一个故事

昔日
贺兰劲旅捧出地下“黑色玛瑙”
太西煤燃着蓝色火苗送给世界漂亮的微笑
由“黑”变“白”让燃料变原料
坐拥太西煤不尽享太西煤
宁煤人以其智慧与执着
让古老的乌金焕发夺目的光彩
预示着中国煤炭工业战略性转变
正跨入一个崭新的时代
又是海棠盛开时
那满树海棠啊

抖动每一片花瓣都在告诉你一个故事

太西煤不是“黑天鹅”
无法靠自己展翅远行
宁煤人用改造大自然的意志和不屈努力
将传说变成现实
借改革开放春风
让太西煤走出国门
打响品牌出口创汇
求精求细赶超跨越
数度超低灰纯煤制备工艺试验
开启改造研发艰难历程
用他们朴实的话说就是得玩点“高精尖”
这才配得上太西煤应有的“身价”
梦在现实中演绎
宁煤人创造了中国煤炭洗选行业的“神话”
一位老专家让家人搀扶着到太西厂
说有生之年能亲眼见着超低灰工艺产品足矣

又是海棠盛开时
那满树海棠啊
抖动每一片花瓣都在告诉你一个故事

黄金十年跌宕起伏
转型路上承载重任
宁煤人从容自信“黑海”踏浪
瞄准清洁发展战略
抛出“橄榄枝”引来“金凤凰”

向高端炭基“蓝海”进发
演奏从“黑”到“绿”的变奏曲
古老太西煤这一世界稀缺资源
从此走上清洁、高效、绿色、环保之路

又是海棠盛开时
那满树海棠啊
繁盛如火灼灼其华
微风中争相簇拥摇曳
抖动每一片花瓣都在告诉你
那个昔日“黑姑娘”变身今朝“俏姑娘”的故事

（原载《神华能源报·宁煤版》2020 年 5 月 18 日　肖　霞）

大山的守护者

我是一名矿工，
这一生注定与煤结缘，与山为伴。
贺兰山，就在我身边，抬头就能望见，
山那边是大漠孤烟直，山这边有长河落日圆。
蓝色的山脉，雄壮起伏，在云海之中蜿蜒连绵，
他多像一匹凌空的骏马，奔驰在天与地之间，
带我穿越时空，去追寻沧海桑田的变迁。

贺兰山，自古兵家必争之山。
他是岳飞横戈马上的遗恨，
他存留着辛弃疾金戈铁马气吞万里如虎的一生抱负，
霍去病率领大军从这里翻过北征匈奴封狼居胥，
成吉思汗在这里厉兵秣马横扫东欧君临天下，
华夏的故事仿佛一直萦绕在贺兰山，
华夏的历史仿佛都是由贺兰山而串。

贺兰山，是富有诗意的山。

他是李白“由来征战地，不见有人还”的生死之地。
他是王翰“葡萄美酒夜光杯，欲饮琵琶马上催。
醉卧沙场君莫笑，古来征战几人回”的悲壮之所。
他亦有晏殊的“无可奈何花落去，似曾相识燕归来”的别样景致，
他也具备王维的“月出惊山鸟，时鸣春涧中”的独特幽境。
贺兰山，山那边是塞外风雪、大漠浩瀚，
山这边是桃花流水、福地洞天。

贺兰山，是文明碰撞与融合的交汇点。
看那，深深镌刻在山石上的太阳神像，与众生供奉着的神农雕塑，
看那，远古之前打磨得依旧锋利的石器工具，
与秦汉旧时遗留下寒光闪烁的铁锹牛犁，
无声地诉说着历史的风云变幻，
游牧民族与农耕文化在这里自然地交融，
华夏文明穿越贺兰山走向世界的彼岸。

贺兰山，是父亲山，
他雄浑挺拔，身姿伟岸。
他挡风挡沙，挡住严寒，
他浑身是宝甘愿奉献，
看他那清晰的脉络，多像父亲的脊梁，顶天立地坚强有力。
看他那高尚的品质，分明就是一位胸怀担当的父亲，
硬是将飞沙走石寸草难生的大漠边关
守护成一片草长莺飞烟柳拂堤的塞上江南。

贺兰山啊，我深爱着你，
是你，荫庇着华夏子孙，
是你，馈赠了我们无穷宝藏，

是你，给予了我们生命的力量。

我是你的孩子，在你的呵护陪伴中成长。
昨日，我从你那里获得了太西乌金，
我要做你的守护者，
今天，我要用我的双手让你身披锦绣万年长青！

（原载《神华能源报》 董 钧）

宁东赞

这里，曾经是一块不毛之地
放眼望，百里沉寂，人烟杳无
风起时，沙浪滔滔，遮天蔽日
春风，染不出翠绿
金秋，看不到收获
日月荏苒，只见流动的沙丘
时光流逝，风沙依旧肆虐无忌

这里，又是一块风水宝地
曾记否，恐龙身影栖万年
君不见，“香碴子”美名传千里
千尺地层下，储藏着熊熊火焰的热烈
百里沙海中，奔涌着取之不竭的动力
蕴藏着的能量，终究要将这里燃烧成热土

斗转星移，时代进入了二十一世纪
西部大开发的东风，掀起浪涌沙海

追求卓越、开拓创新的宁煤人
在这里树起了创业的旗帜
按照自治区党委政府的战略决策
绘制出一幅气壮山河的崭新蓝图
这里，要建成亿吨级煤炭基地
这里，要书写把煤变成油的奇迹
这里，要向全国输送千万千瓦强大电源
这里，要崛起世界级的现代化能源硅谷
这里，要再造一个乃至几个宁夏
这里，要成为宁夏经济腾飞的发动机
宁夏人民奔小康的脚步
要从这里加速启程
从此，这里有了一个响亮的名字——
宁东
从此，宁东热起来了——
党和国家领导人来了
他们指点沙海，策划未来
为宁东的发展凝聚动力、引领航向
知名的企业家来了
他们带着战略，揣着项目
要为宁东的蓝图添加精彩、书写辉煌
睿智的科学家来了
他们带着锦囊，揣着妙计
要为宁东的发展指点迷津、破解未来

宁东，成了
创业的福地
投资的热土

西部的焦点

宁东，沸腾了
百里沙海中
机器轰鸣，彩旗飘扬，车来人往
顷刻间，大漠变成了工地
煤矿、工厂，全方位开工
地上、地下，立体化作战
看见了吗
云集了会战“一号工程”的精英
枣泉侧畔机声隆隆
清水营驻扎了煤田开发的大军
梅花井喷涌着来自煤层深处火热的激情
石槽村运进了现代化的钻井设备
红柳沐浴着强劲的东风
麦垛山插上了会战的旗帜
任家庄迎来了投资创业的客人
红石湾出现了煤炭人的身影
双马腾蹄疾奋
金凤展翅高翔
金家渠浪卷波涌

二十年过去了
亿吨矿区拔地而起
煤化工硅谷横空诞生
电网、水网、路网、信息网纵横交错
新型的产业集群如雨后春笋
看吧——

一座座现代化矿井星罗棋布
地下运行着最先进的综采机组
地上营造出溪流涓涓的片片绿茵
马家滩万顷碧湖泛起的微澜里
荡漾着矿井净化水的波光粼粼
煤化工基地高塔上的灯火
辉映出大漠边缘亮丽的风景
煤制油中控室巨大的屏幕上
闪烁着工艺数字流畅优美的造型
甲醇、烯烃、聚甲醛飘出醉人的芳香
黑色的煤块已改变了身份
听吧——
灵州、宁东电厂的机房里
传出发电机组的轰鸣
矿区铁路的上空
回荡着运煤列车的汽笛声
“社会主义是干出来的”标志性工程
已傲然矗立在宁东

二十年过去了
马莲台展现出新姿
西天河露出了笑容
鸳鸯湖续写着美丽
马家滩焕发出生机
马跑泉传出了涛声
冯记沟涌动着春潮
马儿庄骏马奔腾

二十年，弹指一挥间
宁东，激荡着前所未有的活力
宁东，展现出与时俱进的精彩
宁东，昭示着壮丽辉煌的未来

腾飞吧，宁东！
腾飞吧，宁煤！

（原载《神华能源报·宁煤版》2022 年 7 月 25 日　赵　林）

黑土地上的精灵

是谁，在那片黑色的土地上
把歌谣变成如柱的灯光
是谁，在寒夜里把星星的故园
当成火焰的家乡
在那个被世人淡忘的长夜里
怀念曾经与神共舞的阳光

走在高楼林立的大道上
曾经忘记
自己灵魂的深处
有一块黑黑的烙印
轻拽一种情思，激越泪光

在街头巷尾
无数次看见熟悉的你
正用激情，把生命燃烧
这就是

一种让生命骄傲千古的磁场

你在灵魂的黑土地上
让无悔的青春成长
用一根钢丝绳拴住
把岁月拉成一片桃林
把自己一同融进青鸟的翅膀

每当黎明碾过大地
你却悄悄地把自己融入地层深处
在那个属于男人的天地里
汗水浸湿了煤层
也浸湿了你结实的肌肉
于是
便有金光闪闪的太阳石靠近天光
于是
你孤独的心田学会用目光歌唱
时间，就像冰块
在你的手中悄悄融化
而你，却把青春悄悄蒸发
有一天，当你重回大地
在清新的空气里徜徉
意外发现
世界原本是一个温柔的时空
等待你和梦想一起飞翔
尽管，你的额头有伤
你的手指有痕
你的眼睛有疤

但你骄傲地微笑
把八百米井巷
夸张成海阔天空
放任灵魂自由翕张

（原载《宁夏煤炭报》2003 年 7 月 22 日　李金花）

盛开在戈壁滩上的马兰花

自从听到采煤机割煤的韵律
她们便下定决心
在矿区撑起半边天
打造绿色能源企业

她们是来自煤城的孩子
躺在煤的怀抱中
聆听煤的心跳声
和着煤海的轻涛
做着荷花般的梦

洗衣房里的女工
用针线连起矿工兄弟的心
手拿焊枪的女工
用焊枪焊出五彩斑斓的世界
外柔内刚的煤场计量女工

计量着大地的重量
蕙质兰心的安全监测女工
监控井下职工生命的长度

工装素裹的天使
在荒芜的戈壁滩上
用茫茫的夜色作墨
用先进的设备作纸
用热血的青春作笔
与男儿一道披荆斩棘
走过漫道越过雄关
驰骋疆场战天斗地

她们嘹亮的歌声
在荒芜的土地上回荡
她们用无怨无悔的青春
在悠扬的岁月中
书写着爱的诗篇

那是一首激情澎湃的诗歌
那是一片开满鲜花的风景
那是一曲气势磅礴的交响乐
那是一座壮志凌云的丰碑

哦，宁煤女工
用纤纤细手托起生命的太阳
用柔弱的双肩扛起亿吨重量
用激情赋予黑色的生命

这就是新宁煤的女工
像戈壁滩上盛开的马兰花
用热情续写着生命
用奉献孕育着光明
续写着宁煤儿女的自豪与骄傲

（原载《新神宁》杂志 2018 年第 3 期　吴光石）

矿工的手

我们日夜劳作的工作面
为什么称为掌子
伸平手掌风声渐紧
可以感触煤层重叠的沧桑
纵横交织掌纹
是煤河通过的必经之路
炭痕斑驳的手指
和不知更换多少次的
扭曲的指甲动一动
就铮铮作响使人想起
煤层与音乐形成的过程
那些嵌进手背的煤粒
星星点点
早已成为肌肉的一部分
注定了我们一生一世
都必须在手上生活
在硬茧里居住

（原载《宁夏煤炭报》2005 年 6 月 3 日　张　记）

毛乌素的海

北方是我深爱的北方
毛乌素是我深爱的故乡
西夏的繁荣与浩劫与风一闪而逝
如同侏罗纪世界沉寂在沙海之下无痕

四季分明中涌动着经久不息的苍茫
黄土地被千万年侵蚀出沟壑纵横
如同父亲脸庞沧桑的褶皱
原始的痕迹诉说着载不动的眷恋

北风吹西风烈
红棉袄汗布衫
粗犷的野性奔放席卷
柔情似水的呢喃魂牵梦绕

先祖们世世代代不屈的意志
化作繁星亘古在长空浩瀚

传承者的殇思如大河汤汤
血脉磅礴奔流在黄河九曲

思念盖过荆棘沙丘
再大的雨也浇不透干涸的土地
信念有色如洪流涌动
再大的风也吹不破执着的梦想

剥开厚重的历史年轮
那些不朽和不屈展露
被重重诅咒的海凝固成碳
压制着的澎湃能量凝固成渴望的黑晶

毛乌素沙漠之下有一群赶海的人
煤海中矿工如精灵
镐头撬开混沌释放出无穷的能量
把这毛乌素沙漠点燃

黑就黑得纯粹无瑕
硬就硬得如钢似铁
冷就冷得如冰坚毅
点燃了就是太阳的炙热

毛乌素的海曾经羌笛悠悠
风动草带不来江南小桥的谁
毛乌素的海如今浩浩荡荡
矗立的井架成为找到你的新坐标

沙丘之上凝望环顾苍穹
感悟如沙粒一般卑微
手捧沙尘感受孕育的希望
毛乌素的海浪潮涌动

（原载宁煤网站 2021 年 12 月 1 日　王义刚）

汝箕沟赋

贺兰山雄浑，英雄踏破山阙。气盖世兮！腹地苍凉，万壑神韵，宝藏物阜。豪气壮歌兮！汝箕沟无烟煤分公司揽长风日月，居千仞之拔，蓄阳和之精华：西借蒙风，北倚石嘴，纳神华之灵气，及天赐福缘。

太西乌金，煤中之王，享黑色玛瑙之美誉。海外蜚声，异国奇传。汝箕沟堪称太西煤故居。赋存资源得天独厚，公司依煤而存，借煤而兴，托煤而殷，煤海长歌谱新曲。抚今追昔，创业之艰辛，感慨累万端。回眸四十载，矿史开新篇。热血男儿，壮志撼山，寻宝探金，青春奉献。信念刻山壑，誓言风中喧，汗珠子摔八瓣莫言苦，采出地火映苍天。

吟哦公司卓尔不凡，乘势而上，强矿联合整资源。转机建制，搏击市场迎挑战。激情跨越读五型，创新创效气冲贺兰山。战略定位，集约发展九位一体齐抓共管，打造本安公司其势可瞻。一级矿井臻于至善。二级矿井进位争先，露天剥离安全严管，机械轰鸣携捷报频传。倾力四化对标一流，党建独秀，廉政建设风雅轩。创先争优践诺言，夺旗争星战犹酣。凝心聚力求卓越，高产高效，聆听煤海人弄潮，乌金滚滚涌矿山。冬青夏花，绿荫片片，座雕浮雕，矿魂昭然。道德模范寓魅力，躬践核心价值观。回汉团结，情同手足，和谐兴业尽彰显，三个文明并蒂嫣，活动中心健身忙。

两堂一舍换新颜，十里矿区灯璀璨。民心工程，秀外慧中，硕果共享，其乐融融。美化亮化，异彩纷呈，文化长廊颇壮观，贯千米井底，以人为本理念，安全天为先。

知吾公司，绝处逢生，柳暗花明，事业大成，风流人物看今朝，宁煤惊殊永年赞。歌不尽长路漫漫修远兮，赋不竭科学攀登强发展。盛哉！孰不欣然。

（原载宁煤网站 2014 年 11 月 19 日　薛会侠　周河林）

麦垛山赋

麦垛山[①]，宁夏东南腹地，煤炭富藏区域。北临内蒙古草原，南接毛乌素沙滩。丘峦起伏，黄草思渴；地层多变，咸水[②]若河。几千年文明，近无人烟；新时代号角，热土似燃。

麦垛得名，始于游牧期盼；矿井建设，得益科学发展。宁煤雄谋，建千万吨级矿井；麦垛巧思，树百年基业长青。居鸳鸯湖畔，站麦垛南梁，故名麦垛山煤矿。二零零七，十月十九，一十三名好汉[③]，矿井掘进举铲。大宁东矿区建设难，麦垛山煤矿担四艰：主斜井长，副立井宽，煤炭赋存深，巷道开拓难。龙虎风云壮飞歌，白驹过隙纵蹉跎。贴身现场，进驻工棚，无所谓小食堂接踵摩肩，不忌讳大寝室抵足而眠。蹚尘踢埃，拉尺布线；爬沟登高，筑建百年。通地质，穿越亿万年时空迷雾；勇拼搏，探索千百米地宫宝藏。优化设计，挑灯夜战，技术创新，眉舒心展。铺皮带，黑哥们井下接

①麦垛山：主峰在宁夏灵武市宁东镇永利村东南3公里处。

②咸水：麦垛山地下水强弱含水层相加平均厚度150米左右，水质矿化度高，故称咸水。

③一十三名好汉：矿井建设之初，筹建处成立之初只有13名员工。

力；挂风筒，五黄龙千米延伸。猴车旋转员工心头亮，轨道挺进泥岩肚窝明。治水患，两立井冻结；为煤质，副斜井开掘。三十七路人马[①]，会战井田；天南地北同志，鏖战晓天。缜思密考，攻坚克险；殚精竭虑，勇闯时艰。快掘排兵布阵，高效现代土行[②]。紧盯安全，愚公精神；职教培训，苦口婆心。踏雪寻煤，终年不知身是客；抓饼充饥，一心只想炭花飞。沙雨飘洒灰头土脸，欢歌笑语干劲冲天。常居偏僻，领导员工共苦；谋求福聚，上下一心同甘。

东观日出，西赏月迹。山不在高，其势嵯峨，此中亦有丘壑；水不在深，此情可依，其间红鲤婆娑。采光人挥汗建矿山，老荒原风景成画卷。疏泉揽湖，长天共地水一色；耕山耘海，人文与和谐齐飞。草长莺舞，青青麦垛山；楼立水绕，熠熠新煤矿。生产生活同步，平安幸福；开发环保并行，麦垛恢宏！

（原载《华夏能源报》2011 年 4 月 14 日　丁继伟）

①三十七路人马：麦垛山煤矿筹建处员工，包括毕业生整体和劳务用工整体，分别来自 37 个不同单位。

②土行：《封神演义》中的神话人物土行孙。

“干”字当头

近日到煤制油合成油厂采访，途经费托装置时，同行人员无不感叹：“这里曾是‘社会主义是干出来的’伟大号召发出的地方。”

2016 年 7 月 19 日，习近平总书记在煤制油项目现场发出了“社会主义是干出来的”伟大号召。时至今日，再次站在钢筋铁管林立的装置前，习近平总书记的重要讲话仍在耳畔回荡。

6 年来，煤制油项目从无到有、从小到大，其中倾注了太多人的心血。6 年来，宁煤公司转型升级，向着以煤为基础、以煤制油化工为主导的新型工业化领军企业不断进发，这其中承载了太多人的梦想和希望。作为一名记者，我曾走近他们，记录下一个个“社会主义是干出来的”生动实践、感人故事。

时任煤制油分公司合成油厂党委副书记的谷占彪全年无休，每天 24 小时参与分组盯防，为的是确保项目早日稳产达产；合成油厂运行一部技术员史聪三天三夜没合过眼，盯在作业点解决管线堵塞问题；技术员刘志刚连续 15 天待在现场，解决开车加氢装置来料带水问题……

“我们气化人有三个对不起——对不起父母、对不起妻子、对不起孩子。”谈到家庭，时任气化厂党委书记的蔡青波哽咽道：“这么多年来，我们和家人在一起的时间不及和同事的十分之一，大家舍小家、顾大家，把全部精力和心血都放在煤制油项目建设上，但我们无怨无悔。”正是有了“蔡青波们”的无怨无悔，才有了煤制油项目美好的今天和广阔的未来。

不仅是在煤制油，在宁煤公司各基层单位和生产一线，总有一些人让我时刻感动着。宁煤公司下达直供煤任务后，时任洗选中心双马洗煤厂厂长常志国带领大家在冰天雪地里，从上午 9：00 到下午 6：00，硬是靠手拉肩扛完成了 1500 米电缆的铺设任务。烯烃一分公司大修期间，一库区烯烃 3 号库消防管路漏水导致地面大量积水，物资公司煤制油化工仓储配送中心一库区副主任马斌云白天带领大家采取电锤凿、人工挖、水泵抽的方式一处处查找漏水点，晚上同保管员一道值班，每隔半小时抽一次水，两个晚上没合眼……

2022 年 7 月 29 日，宁煤公司第一次党代会召开，会议在总结过去 5 年取得辉煌成就的同时，也为未来发展指明了方向。站在新的起点上，“干”字当头，苦干实干创新干的宁煤人，定不负时代之托、不负人生之任。

（原载《神华能源报·宁煤版》2022 年 8 月 1 日　靳　京）

一招一式看发展

2008年，当石沟驿人动情地讲述着炮采工作面的危险与辛苦时，一位宁煤领导掷地有声地承诺道：“我们要在两至三年内关停所有炮采工作面！”这个消息听得人心头一振，令人动容和期盼。随后，综采综掘在宁煤各矿遍地开花。从炮采到综采再到无人开采，从人海战术到装备升级再到智慧矿山，无危则安、无人则安的承诺已经兑现。当下，宁煤人正踏着安全高效的步伐一路高歌猛进。

上班之初，听着老工人描述着“一部溜槽两头看，铃铛一响呱呱叫”的原始劳作场景，当时的井下工人通讯联络要么靠晃灯，要么扯开嗓子喊。语音信号出现以后，工作面也开启了小广播时代。2G到5G无线网络的不断升级应用，人手一部防爆手机，让井下和地面的“亲密接触”变成现实。如今工业互联网视频监控只要一部手机就可以让各处360度无死角地一览无余，数字化、智慧化的应用为企业的安全插上腾飞的翅膀。

宁煤人从只会挖煤卖煤的“煤黑子”蝶变，如今拥有煤炭、煤制油、煤化工及煤炭深加工等循环产业链格局，这是宁煤人独有的气质和敢为人先的勇气和魄力所创造出来的奇迹。从国外引进到自主研发创新，“国家科技进步一等奖”的殊荣花落这里，让身为宁煤人的我倍感骄傲和自豪。

从沉陷区的低矮窝棚到花园式洋房的居所，从“大二八”式自行车到快捷舒适的私家车。回想当年居住在石炭井的矿工家属们经常坐着绿皮小火车往来穿梭于单位和城市之间。如今，天堑变通途，开着私家车行走在高架高速路上，一两百公里的路程转瞬即达。宁煤人不再为如何上班而发愁，健康体检、职业疗养、福利礼包、补充医疗保险等关爱员工的措施让宁煤人心更齐了，气更顺了。宁煤的“生”与宁煤人的“活”就在这“一招一式”中悄然地发生着改变。我相信，宁煤的未来更加可期可盼！

（原载《神华能源报·宁煤版》2022 年 8 月 1 日　刘　佳）

廿岁纪

廿载青春岁月激昂，五万宁煤人喜迎华诞。贺兰山下，毛乌素里，星罗棋布百里矿区，乌金闪耀，纵横西北能源网。宁东大地，巍峨林立钢铁巨塔，能源革新，年产四百万吨煤炭间接液化项目于戈壁之上展雄姿。数不尽风流，道不尽华章。终是不忘初心，实干为先，做大做强铸芳华。

忆往昔峥嵘岁月，因煤而起、因煤而兴，于不毛之地崛起。年产百万吨，日销千万家，络丝西北能源网，雄踞塞上排头兵，于荒寂之地兴起经济建设之热潮，于地层深处掘出发展之烁金。宁东荒原，阒寂千年，一朝换新颜。丙申年，世纪工程再展辉煌，响应“社会主义是干出来的”伟大号召，煤制油热土遥领化工之巅，年产百万吨，创效亿万元。回顾廿载岁月，不忘初心、牢记使命，宁煤人砥砺奋进、自强不息，终是迎来新天地。

看今朝风流事迹，自是捷报频传、佳绩频出，供一方能源，守一方平安，促一方发展。宁煤守土有责，以保供为先、以发展为要，对标国际一流，展现央企风采。何当共话未来能源发展之前驱？自是以煤为基础，煤化工技术为创新，双向发展，协同进步。谨以安全稳定清洁运行为第一要义，强高质量发展之基石，绘未来发展之蓝图，开创后来万世繁荣之根基，宁煤人实干担当，再创佳绩。

瞰未来宁煤风采，践行伟大号召，弘扬实干精神。古老塞上将迸发无尽发展希望，绿色矿山将输送不竭民族发展之能，智慧工厂将开创未来技术新局面。更有煤制油项目坚持自我革新，秉持创新发展动力，战胜艰难险阻，勇攀科技创新高峰。宁煤人必当引领时代发展新潮流。

恰逢二十载华诞欢庆，更思我辈青年奋斗之追求，唯有身逢新时代之庆幸，唯有无限干事创业之激情。二十多岁的新时代青年遇见风华正茂的宁煤，奋斗正当时，当如猛虎，如朝阳，是希望，是未来！自当于宁东大地，浸润实干兴企之内涵，拼搏化工发展之基础，砥砺民族复兴之建设，何其有幸！

何以实干担当？何以实干兴企？当以赓续无数前辈奋斗之精神为主导，于煤海深处开创企业高质量发展之道路，于“神宁炉”中铸造宁煤未来复兴之基础，兴能源之邦，赋发展之能，强国家之企，铸民族之魂。宁煤精神，为一代人的奋斗精神，亦是无数人的实干担当精神！赓续宁煤实干奋斗之精神，穿越二十载悠悠岁月，在沙之洲，山之阳，矿之陌，泛起涟漪层层，响起回声阵阵。于新时代道路上谱写最美音谱，建设最强企业，助力民族复兴。

二十年奋进征程，是节点，亦是起点。立足长远，我辈宁煤人将承载新使命、新希望，奋进新征程！宁煤人之精神，亦将于贺兰山下，汇聚成民族未来发展中最崇高、最深刻的发展动力！彼时，试看全球，唯我中华，试看发展，宁煤领先！

（原载《神华能源报·宁煤版》2022 年 6 月 20 日　吕维伟）

美哉我宁煤

百年党庆，激情未减，宁煤幸甚，喜迎二十华诞。贺兰松涛，声震灵岳。黄河巨浪，拍岸惊天。百里矿区，星罗棋布，跨越山河相连。千米深井，巨轮飞转，采撷乌金璀璨。煤电化工，聚力高新，激荡宁东古镇。巨塔林立，炉火烁金，炼就异宝万千。

忆往昔，岁月蹉跎，三英联袂，整合煤炭资源。看今朝，煤化一体，举旗铸魂，胜利捷报频传。十四矿井，精耕细作，矿矿皆具风采。数十高炉，创先争优，座座气贯云天。央企宁煤，雄踞塞上，勇做压舱磐石。五万英豪，以梦为马，能源革命亮剑。

美哉宁煤，风雨同舟，共克时艰，煤海破浪扬帆。壮哉宁煤，强基固本，转型升级，打造行业典范。二十春秋，砥砺前行，引领风流无数。双十年华，风华正茂，改革勇往直前。不忘初心，建功立业，我辈当仁不让。牢记使命，逐梦中华，宁煤敢为人先!

（原载《神华能源报·宁煤版》2022 年 5 月 23 日　周俊峰）

再回首叹繁华

遥忆青春正午，初进矿山，再回首，已整二十年。此间，数不清，宁煤发展之不易；道不尽，矿山变化之欣喜；说不完，内心难平之波澜。时值征文，启展腹纸、执笔键盘，假二十年主题，言思所悟；借千字宏篇，舒展胸臆。

忆往昔，犹青涩，初入宁煤，铁锹洋镐、钢梁支柱为伴，呕人炮烟、嘈杂溜子为常，劳身劳力、挥汗如雨，几载春去秋来、冬至夏往。逢整合重组，终结旧历，机械采煤，开启新篇。新矿开建，逐一上马；煤化构想，落地实施。亘古荒漠，宁东大地，火热场景，金戈铁马，只争朝夕！荒漠建矿，尽皆飞沙之地，建设者昼夜不眠，朝染晨露，午迎烈阳，夜伴星辰。白昼，勘查测绘、把尺测量、监查质量、统计数据；黑夜，问题通报、研究方案、制定措施、优化设计。昼夜连轴转、连日遭遇战，习以为常。激情燃烧岁月，感人画面不胜枚举。

日月轮回，斗转星移。所见，羊场湾、枣泉、梅花井闪耀西部版图，金凤、双马、金家渠点亮黄河东岸。鸟瞰众矿，毛乌素环伺，荒漠绿洲，如雨后春笋，拔地而立。驻足矿区，绿树成荫，湖光亭榭，垂柳婆娑，景色靓丽，诗情画意，尽收眼底。

宁煤发展之变，承载宁煤人奋发拼搏，亦浸润总书记深情。丙申年 7 月

19日，永载发展史册。“社会主义是干出来的”伟大号召，辐射全党全国。总书记之深切关怀，令宁煤人欢欣鼓舞，干劲倍增，激发拼搏进取无限动力源泉。

宁煤发展，干字当头；宁煤事业，实干为要。践行伟大号召，弘扬实干精神，犹如护佑前行之开山巨斧，逢山开路、遇水架桥，破难攻坚、铿锵前行，长歌浩气、发展底气，敢教日月换新天。绿色矿山，彰显高质量发展之魅；智慧矿山，引领高质量发展之路；四化融合，夯实高质量发展之基；可视监控，布牢安全生产天眼；遥控操控，实现能源隔离于掌中；自动管控，筑实安全管理堤坝……喜看，古老塞上，浩瀚煤田，迸发无限生机和不尽希望；喜见，辉煌业绩，崭新诗篇，展示一幅雄浑瑰丽矿山美景。

光阴几度易逝，何惜似水流年，终不负，蹒跚路，再回首时叹繁华。二十年栉风沐雨，二十载春华秋实，我与宁煤共成长，宁煤与我共进步。于宁煤，我是一滴水，之所以没有干涸，有幸融入宁煤这片百善大海；于我，宁煤是山，山所以高，是因宁煤人积土为山坚持不懈。

二十年，是结点，亦是起点。宁煤人将承载新使命，锁定新目标，扬帆新征程，共创新发展，满怀豪情走上新的长征路，在新的主战场继续劈波斩浪、扬帆远航！

（原载《神华能源报·宁煤版》2022年5月23日　梁雪峰）

让甲醇告诉世界

曾经，这里是亘古荒漠，只有沉睡在地下的远古恐龙向“太阳乌金”倾诉着过往的繁华；

曾经，这里是寂静牧场，只有寂寥牧人吟唱古磁窑传说的悠远歌声随风荡漾。

而今，这里是塞上热土——宁东能源化工基地，承载着富民强区的热切希望。无数化工项目似繁星点缀在宁东广袤的土地上，宁煤公司甲醇分公司作为最先建成投产的化工生产装置，在其中散发着独特的光芒。

当古老和现代在这里交汇，碰撞出了耀眼的光芒，让世界侧目。

古老的化石能源“太阳乌金”与现代化工技术交融，创造出了甲醇及其制成品聚丙烯、聚甲醛从这里走向世界。二十年风雨兼程，二十年探索奋进，二十年攻坚克难，实现了产品产量、品质的双提升。

沉重的安全事故与风险预控体系在这里交汇，孵化出了先进的“11311”安全管控模式，分步开展安全标准化建设、安全风险预控体系建设和安全环保网格化管理，创造了安全生产二十周年的辉煌业绩。

专业的员工培训与仿真过关培训方式在这里结合，衍生出了师带徒、“套餐式”、岗位练兵、中夜班培训，将甲醇分公司打造成了培养生产经营人才的“黄埔军校”，造就了无数精英骨干，挺起了化工基地的脊梁。

劳动与勤奋相结合，催生了最美甲醇人。他们以愚公移山的勇气，致力于生产装置的扩能改造，将甲醇、聚甲醛装置产能双双提升了20%，提高了生产装置的盈利能力。他们以夸父逐日般的执着，进行科技创新，致力于打造民族品牌。纺丝级增韧增强聚甲醛、激光标记聚甲醛和高流动性聚甲醛从这里走向世界，填补了国内空白，产品品质达到国内同类产品最好水平，产品价格大幅提升，拓展了市场，赢得了客户的信赖。正是这种顽强拼搏和孜孜以求的工匠精神，形成了甲醇最亮丽的风景线，让人痴迷、向往。

传统经营理念与绿色发展理念在这里交锋，甲醇分公司成为宁东第一个达到国家特别排放限值要求的化工企业，很好地履行了企业的社会责任。

五湖四海的企业文化与传统煤炭企业文化在这里融合，从简单的模仿“三老四严”“四个一样”起步，到不断推陈出新，培育出了“百折不挠、敢为人先、追求卓越”的甲醇精神，成为激励甲醇人砥砺前行、奋勇攀登的精神动力。

继承与创新在这里相濡以沫，在继承中发展、在发展中创新。在继承“三级联创”“三型党组织”“四个党委”等精品工程的基础上，致力于开展党建创新，打造了“党建+”三年行动，培育了“零下183”“经纬仪表”“绿色栈桥”等精品工程，使阵地更坚、党旗更红。思想政治工作贴近实际、贴近生活、贴近群众，让使命、责任、担当成为信念，为生产经营健康发展凝聚了强大的精神力量。

成绩属于过去，光荣属于未来。如今，站在高质量发展的新起点上，甲醇人整理行装再出发，在通往“甲醇明天更好”的征途上，踔厉奋发，勇毅前行，我们有理由相信他们一定会到达幸福光荣的彼岸。

（原载《神华能源报·宁煤版》2022年7月25日　石少东）

宁煤二十正芳华

二十年前，你拉开大幕，亮出身姿，便惊艳了一座城。

那年那月那日，几十辆彩车，风姿绰约，缓缓驶过，几千人载歌载舞，情真意切，凤城人都说：多少年没见这样的情景了。这一天便是你的生日。

要说起你的身世很长很长，讲起你的故事可长可短，你和你存在的这片土地一样历尽沧桑。

“太西煤”神奇，“香砟子”不凡。石炭井、石嘴山百里矿区曾辉煌。几代挖煤人的筋骨，哺育了你最初的身躯，血液流淌，骨硬体健。你一出生，模样俊俏，招人喜欢，塞上江南又添子加丁，一方水土育后人不断。人丁兴旺，农工发展，怎让人不乐不喜、不歌不赞。

做大做强，优势方显。孤帆小船，难敌风浪，航母大船，乘风破浪。小河汇大海，天高地更宽。人多干劲大，敢填大海，敢搬高山。一座座新矿悄然出现，引地下乌金飞奔流淌，老矿工惊叹：我干一年，不如你一天。建坑口电厂，煤变电，直送四面八方。过去没想过的事，今天也要干，煤变油，不是梦想，敢造“神宁炉”，惊艳世界，称雄一方。

你一天天长大，一天天变强。你威武雄壮，在塞上这块宝地，尽情演绎今日辉煌。

昔日矿山，荒山秃岭，房破路烂；今日新矿，花红柳绿，鱼游水清，人见人慕。你的父辈曾穿过手套线织的线衣线裤，旧皮带底做的鞋子，骑一辆旧自行车，住在透风窑洞里。今日的你，上班有整齐的工装，下班西装革履，开着小轿车回到高楼大厦里。比起前辈，你幸运，你幸福。

劳动创造幸福，幸福都是奋斗出来的，这不是口号，是真理。“社会主义是干出来的”，宁东的奇迹是干出来的，宁煤的成绩是干出来的。撸起袖子加油干，祖国繁荣昌盛，社会欣欣向荣，企业发展壮大，人民安定团结。

干，就是奋斗，需要流血流汗；干，需要巧干和智慧，科学技术是生产力。年轻的宁煤人，朝气蓬勃，好学向上，赶上了好机会，遇到了好战场，何不大显身手一回？

放眼宁煤，到处日新月异，捷报频传，硕果累累；放眼宁煤，到处安定团结，风清气正，和谐唯美；放眼宁煤，到处整洁明亮，树翠花红，青山秀水。

宁煤二十正芳华！

（原载《神华能源报·宁煤版》2022 年 7 月 25 日　靳光明）